FLÜSSIG SPRECHEN

SPANISCH

Wortschatz, Satzbausteine und Dialoge zum Auffrischen und Erweitern

Langenscheidt

INHALTSVERZEICHNIS

VORWORT

Sie möchten Spanisch flüssig sprechen und mit spanischsprachigen Menschen auf Augenhöhe kommunizieren? Dieses Buch bietet Ihnen eine solide Grundlage dafür.

In insgesamt 14 Kapiteln werden Sie auf typische Situationen vorbereitet, die Ihnen bei jedem Auslandsaufenthalt begegnen können. Neben wichtigem Wortschatz, Satzbausteinen und authentischen Dialogen lernen Sie auch kulturelle Besonderheiten kennen, die Ihnen helfen, Ihr spanischsprachiges Gegenüber besser zu verstehen.

Bei der Auswahl der Inhalte haben wir besonderen Wert auf gebräuchliche, idiomatische und häufig verwendete Ausdrücke und Wendungen gelegt, die den aktuellen Sprachgebrauch in der jeweiligen Situation widerspiegeln.

Um Ihnen das Lernen und Einprägen so einfach wie möglich zu machen, folgt jedes Kapitel einer klaren, einheitlichen Struktur, die sich wie ein roter Faden durch das gesamte Buch zieht. So finden Sie sich schnell und ohne langes Suchen zurecht.

Mit der Scan2Learn-App können Sie alle Dialoge in muttersprachlicher Qualität anhören und nachsprechen. So verbessern Sie gezielt Ihre Aussprache und gewinnen Sicherheit beim Sprechen auf Spanisch.

Wir wünschen Ihnen viel Spaß und Erfolg beim Lernen – und vor allem gute, erfolgreiche und flüssige Gespräche!

WAS FINDEN SIE IN DIESEM BUCH?

Um eine schnelle Orientierung in den einzelnen Kapiteln zu gewährleisten und Ihnen das Arbeiten so einfach wie möglich zu machen, haben wir eine wiederkehrende Struktur gewählt, die sich durch jedes Kapitel wie ein roter Faden zieht und aus den folgenden 6 Bausteinen besteht:

Entdecken Sie den wichtigsten **Wortschatz** für die jeweilige Situation. Dank der Lautschrift zu jedem Wort sind Sie auch bei Unsicherheiten in der Aussprache bestens vorbereitet.

Satzbausteine, die den aktuellen Sprachgebrauch widerspiegeln, helfen Ihnen eigene Formulierungen leicht zu meistern. Lernen Sie diese auswendig und setzen Sie sie für Ihre eigenen Formulierungen direkt in Gesprächen ein. Auch hier finden Sie die Lautschrift, die Sie dabei unterstützt die richtige Aussprache sicher zu beherrschen.

Auf einer weiteren Doppelseite finden Sie **Mini-Dialoge**, die Ihnen die Möglichkeit geben, die Sprache in ihrer lebendigen Anwendung zu erleben. Hätten Sie sich auch so ausgedrückt? Vergleichen Sie und gewinnen Sie Sicherheit für echte Gesprächssituationen!

Bei GUT ZU **WISSEN!** blicken wir über die Sprache hinaus und nehmen spannende landeskundliche Themen unter die Lupe. Diese Infos helfen Ihnen nicht nur, kulturelle Feinheiten besser zu verstehen, sondern bewahren Sie auch vor peinlichen Fettnäpfchen.

Herzlichen Glückwunsch – Sie sind schon weit gekommen! In der Rubrik *Falsche Freunde!* finden Sie einige der bekanntesten Stolpersteine, die häufig zu Verwechslungen führen. Mit ein wenig Übung werden Sie diese berühmt-berüchtigten Redewendungen schnell in den Griff bekommen. So kommen Sie Ihrem Ziel, flüssig und sicher zu sprechen, einen großen Schritt näher!

Am Ende jedes Kapitels feiern Sie mit dem ETAPPEN**SIEG!** einen weiteren Meilenstein auf Ihrem Weg. Gönnen Sie sich einen Moment, um Ihre Fortschritte zu genießen und zu spüren, wie Sie Schritt für Schritt an Sprachsicherheit und Selbstvertrauen gewinnen.

Laden Sie sich die Scan2Learn-App herunter und wählen Sie Ihr Buch aus. Eine genaue Anleitung finden Sie auf der Innenseite des vorderen Buchumschlags.
Mit der App können Sie alle spanischen Dialoge bequem in muttersprachlicher Qualität anhören und nachsprechen. Scannen Sie dazu die Seite mit dem Kopfhörersymbol mit der Scan2Learn-App.

01

Auf eigene Faust **unterwegs**

Reisen Sie gern allein oder in Begleitung? Möchten Sie lieber die Geschwindigkeit des Flugzeugs oder die gesamte Strecke genießen? Wird Ihnen auf dem Boot schwindelig? Bevorzugen Sie den Zug oder den Bus? Sind Sie auf der Suche nach dem günstigsten Weg oder reisen Sie lieber mit allem Komfort?

Was auch immer Ihnen vorschwebt: Stellen Sie sich vor, Sie genießen die Landschaft im Zug, während Sie ganz mühelos Spanisch sprechen – genau dafür ist dieses Kapitel gemacht!

EN EL AEROPUERTO — Am Flughafen

el control de seguridad	[kon̪ˈtrol̪ de seɣuriˈðað]	die Sicherheitskontrolle
los mostradores de facturación	[mostraˈðores ðe fakturaˈθjon]	die Check-in-Schalter
la terminal de llegadas	[termiˈnal̪ de ɟeˈɣaðas]	die Ankunftshalle
la terminal de salidas	[termiˈnal̪ de saˈliðas]	der Abflugterminal
el vuelo de conexión	[ˈbwelo ðe koneˠˈsjon]	der Anschlussflug
el vuelo internacional	[ˈbwelo in̪ternaθjoˈnal]	der internationale Flug
el vuelo nacional	[ˈbwelo naθjoˈnal]	der Inlandsflug

EN LA ESTACIÓN — Am Bahnhof

el andén	[an̪ˈden]	der Bahnsteig
el coche cafetería	[ˈkoʧe kafeteˈria]	der Speisewagen
el coche cama	[ˈkoʧe ˈkama]	der Schlafwagen
la consigna de equipaje	[konˈsiɣna ðe ekiˈpaxe]	die Gepäckaufbewahrung
la dársena	[ˈdarsena]	der Bussteig
la rampa de acceso para sillas de ruedas	[ˈrrampa ðe aˠˈθeso ˈpara ˈsiɟas ðe ˈrrweðas]	die Rollstuhlrampe
el trasbordo	[trasˈβorðo]	das Umsteigen
el tren de cercanías	[tren̪ de θerkaˈnias]	der Nahverkehrszug
el tren de larga distancia	[tren̪ de ˈlarɣa ðisˈtan̪θja]	der Fernzug

EN EL PUERTO — Im Hafen

el ferry	[ˈferri]	die Fähre
el muelle	[ˈmweɟe]	der Kai
la rampa de acceso al barco	[ˈrrampa ðe aˠˈθeso al ˈβarko]	die Bootszufahrtsrampe

BILLETES — Fahrkarten

el billete de ida	[biˈɟete ðe ˈiða]	die einfache Fahrkarte
el billete de ida y vuelta	[biˈɟete ðe ˈiða i ˈβwel̪ta]	die Hin- und Rückfahrkarte
el descuento de estudiantes	[desˈkwen̪to ðe estuˈðjan̪tes]	der Studentenrabatt
el descuento de jubilados	[desˈkwen̪to ðe xuβiˈlaðos]	der Rentnerrabatt
el descuento de familia numerosa	[desˈkwen̪to ðe faˈmilja numeˈrosa]	der Großfamilienrabatt
la tarjeta de embarque	[tarˈxeta ðe emˈbarke]	die Bordkarte

ASIENTOS — Sitze

el asiento delantero	[aˈsjen̪to ðelan̪ˈtero]	der Vordersitz
el asiento de pasillo	[aˈsjen̪to ðe paˈsiɟo]	der Gangplatz
el asiento reclinable	[aˈsjen̪to rrekliˈnaβle]	der Liegesitz
el asiento trasero	[aˈsjen̪to traˈsero]	der Rücksitz
el asiento de ventanilla	[aˈsjen̪to ðe βen̪taˈniɟa]	der Fensterplatz
el reposabrazos	[rreposaˈβraθos]	die Armlehne
el reposapiés	[rreposaˈpjes]	die Fußstütze
la reserva de asiento	[rreˈserβa ðe aˈsjen̪to]	die Sitzplatzreservierung

EN EL COCHE — Im Auto

la autovía	[au̯toˈβia]	die Schnellstraße
la autopista	[au̯toˈpista]	die Autobahn
el peaje	[peˈaxe]	die Autobahngebühr
la salida	[saˈliða]	die Ausfahrt

INFORMACIÓN Y RESERVAS

		Informationen und Reservierungen
¿A qué hora abren las ventanillas de venta de billetes?	[¿a ke ˈora ˈaβren las βen̪taˈniɟas ðe ˈβen̪ta ðe βiˈɟetes?]	Um wie viel Uhr öffnen die Ticketverkaufsschalter?
Me gustaría reservar un vuelo de Cancún a La Habana para la primera semana de abril.	[me ɣustaˈria rreserˈβar um ˈbwelo ðe kanˈkun a la aˈβana ˈpara la priˈmera seˈmana ðe aˈβril]	Ich möchte für die erste Aprilwoche einen Flug von Cancún nach Havanna buchen.
Mis fechas son flexibles.	[mis ˈfetʃas son fleˠˈsiβles]	Meine Termine sind flexibel.
Quiero reservar un asiento en primera/segunda clase.	[ˈkjero rreserˈβar un aˈsjen̪to em priˈmera/seˈɣun̪da ˈklase]	Ich möchte einen Sitzplatz in der ersten/zweiten Klasse reservieren.
Quisiera reservar un camarote en el barco.	[kiˈsjera rreserˈβar un kamaˈrote en el ˈβarko]	Ich möchte eine Kabine auf dem Schiff buchen.
Quería reservar una plaza en el coche cama.	[keˈria rreserˈβar ˈuna ˈplaθa en el ˈkotʃe ˈkama]	Ich möchte einen Platz im Schlafwagen reservieren.
¿Está incluida una pieza de equipaje?	[¿esˈta iŋkluˈiða ˈuna ˈpjeθa ðe ekiˈpaxe?]	Ist ein Gepäckstück enthalten?
¿Es posible hacer cambios en esta reserva?	[¿es poˈsiβle aˈθer ˈkambjos en ˈesta rreˈserβa?]	Ist es möglich, Änderungen an dieser Buchung vorzunehmen?
¿Puedo cancelar la reserva y pedir un reembolso?	[¿ˈpweðo kan̪θeˈlar la rreˈserβa i peˈðir un rreemˈbolso?]	Kann ich die Reservierung stornieren und eine Rückerstattung verlangen?
No es necesario imprimir la confirmación de reserva.	[no es neθeˈsarjo impriˈmir la komɱfirmaˈθjon̪ de rreˈserβa]	Es ist nicht erforderlich, die Reservierungsbestätigung auszudrucken.
Necesito imprimir la tarjeta de embarque.	[neθeˈsito impriˈmir la tarˈxeta ðe emˈbarke]	Ich muss die Bordkarte ausdrucken.

VIAJES COMPARTIDOS

Reisen mit Mitfahrern

Me gustaría reservar una plaza para ir de Málaga a Sevilla.	[me ɣusta'ria rreser'βar 'una 'plaθa 'para ir ðe 'malaɣa a se'βiɟa]	Ich möchte einen Platz von Málaga nach Sevilla buchen.
Quiero solicitar un trayecto parcial de Valencia a Alicante.	['kjero soliθi'tar un̪ tra'ɟekto par'θjal̪ de βa'len̪θja a ali'kan̪te]	Ich möchte eine Teilstrecke von Valencia nach Alicante buchen.
Llevo una maleta mediana y una mochila pequeña.	['ɟeβo 'una ma'leta me'ðjana i 'una mo'ʧila pe'keɲa]	Ich habe einen mittelgroßen Koffer und einen kleinen Rucksack dabei.
¿Dónde me recoges?	[¿'don̪de me rre'coxes?]	Wo holst du mich ab?
¿Dónde puedes dejarme?	[¿'don̪de 'pweðes ðe'xarme?]	Wo kannst du mich absetzen?

EN EL AEROPUERTO

Am Flughafen

¿Dónde están los mostradores de facturación de esta aerolínea?	[¿'don̪de es'tan los mostra'ðores ðe faktura'θjon de 'esta aero'linea?]	Wo befinden sich die Check-in-Schalter dieser Fluggesellschaft?
Llevo una maleta de mano, un bolso y una maleta para facturar.	['ɟeβo 'una ma'leta ðe 'mano, um 'bolso i 'una ma'leta 'para faktu'rar]	Ich habe ein Handgepäckstück und eine Tasche und möchte einen Koffer aufgeben.
¿Cuál es la puerta de embarque para el vuelo LH 1252?	[¿kwal es la 'pwerta ðe em'barke 'para el 'βwelo 'ele 'aʧe 'uno ðos 'θiŋko ðos?]	Welches ist der Flugsteig für Flug LH 1252?
Me temo que nuestro vuelo va a salir con media hora de retraso.	[me 'temo ke 'nwestro 'βwelo βa a sa'lir kon 'meðja 'ora ðe re'traso]	Ich fürchte, unser Flug wird eine halbe Stunde später starten.

Tenemos una escala de dos horas.	[te'nemos 'una es'kala ðe ðos 'oras]	Wir machen einen zweistündigen Zwischenstopp.
Ha habido un retraso y he perdido el vuelo de conexión.	[a a'βiðo un rre'traso i e per'ðiðo el 'βwelo ðe koneˠ'sjon]	Es gab eine Verspätung und ich habe den Anschlussflug verpasst.
Mi maleta ha llegado dañada.	[mi ma'leta a ɟe'ɣaðo da'ɲaða]	Mein Koffer ist beschädigt angekommen.
Parece que mi maleta se ha extraviado.	[pa'reθe ke mi ma'leta se a estraβi'aðo]	Mein Koffer scheint verloren gegangen zu sein.

DURANTE EL TRAYECTO

Auf der Reise

¿Los asientos están numerados?	[¿los a'sjen̪tos es'tan nume'raðos?]	Sind die Plätze nummeriert?
¿Dónde pone el número de asiento?	[¿'don̪de 'pone el 'numero ðe a'sjen̪to?]	Wo steht die Sitznummer?
Disculpa, pero creo que ese es mi asiento.	[dis'kulpa, 'pero 'kreo ke 'ese es mi a'sjen̪to]	Entschuldigung, aber ich denke, das ist mein Platz.
¿Te importa si echo el asiento hacia atrás?	[¿te im'porta si 'eʧo el a'sjen̪to 'para a'tras?]	Stört es Sie, wenn ich den Sitz zurückklappe?
¿Cómo se abre la ventanilla?	[¿'komo se 'aβre la βen̪ta'niɟa?]	Wie öffnet man das Fenster?
¿Me dejas pasar?	[¿me 'dexas pa'sar?]	Würden Sie mich durchlassen?
Parece que vamos a llegar puntuales.	[pa'reθe ke 'βamos a ɟe'ɣar pun̪tu'ales]	Es sieht so aus, als würden wir pünktlich ankommen.
Por lo que veo, vamos a llegar antes de tiempo.	[por lo ke 'βeo, 'βamos a ɟe'ɣar 'an̪tes ðe 'tjempo]	Soweit ich sehe, werden wir früher ankommen.
Estoy mareado / mareada, creo que voy a vomitar.	[es'toi̯ mare'aðo / mare'aða, kreo ke βoi̯ a βomi'tar]	Mir ist übel, ich glaube, ich muss mich übergeben.

EN LA ESTACIÓN DE SERVICIO

An der Tankstelle

¿Espero a que me atiendan o es autoservicio?	[¿es'pero a ke me a'tjeņdan o es au̯toser'βiθjo?]	Werde ich bedient oder ist hier Selbstbedienung?
20 euros de gasoil (o gasóleo), por favor.	['bei̯ņte 'eu̯ros ðe ɣa'soi̯l (o ɣa'soleo), por fa'βor]	Für 20 Euro Diesel, bitte.
300 pesos de gasolina, por favor.	[tres'θjeņtos 'pesos ðe ɣaso'lina, por fa'βor]	Benzin für 300 Pesos, bitte.
Lleno, por favor.	['ɟeno, por fa'βor]	Voll, bitte.
¿Hay café para llevar?	[¿ai̯ ka'fe 'para ɟe'βar?]	Gibt es Kaffee zum Mitnehmen?
¿Me deja la llave de los servicios, por favor?	[¿me 'ðexa la 'ɟaβe ðe los ser'βiθjos, por fa'βor?]	Könnten Sie mir bitte den Toilettenschlüssel geben?

A LA LLEGADA

Bei der Ankunft

¿Cuál es la forma más rápida de llegar a esta dirección?	[¿kwal es la 'forma mas 'rrapiða ðe ɟe'ɣar a 'esta direˠ'θjon?]	Wie komme ich am schnellsten zu dieser Adresse?
¿Cuál es la forma más económica de llegar al centro de la ciudad?	[¿kwal es la 'forma mas eko'nomika ðe ɟe'ɣar al̪ 'θentro ðe la θju'ðað?]	Wie kommt man am günstigsten in die Innenstadt?
¿La plaza central está muy lejos para ir andando?	[¿la 'plaθa θeņ'tral es'ta mwi 'lexos 'para ir aņ'daņdo?]	Ist der Hauptplatz zu weit weg, um zu Fuß dorthin zu gehen?
¿Dónde para el tranvía de la línea 8?	[¿'doņde 'para el tram'bia ðe la 'linea 'oʧo?]	Wo hält die Straßenbahn der Linie 8?
¿Dónde hay una estación de metro?	[¿'doņde ai̯ 'una esta'θjoņ de 'metro?]	Wo gibt es eine U-Bahn-station?

¡ADIÓS, TREN! 1

Tschüss, Zug!

¡Dejadme pasar!

Lasst mich vorbei!

A ver, ¿a qué viene tanta prisa?

Na, warum so eilig?

¡Es una emergencia, voy a perder el tren!

Es ist ein Notfall, ich werde den Zug verpassen!

Un momento, ¿qué tren?

Moment mal, welchen Zug?

¡Ay! No me digas que ese tren que se aleja es el de Barcelona…

Oh! Sag nicht, dass der Zug, der da gerade abfährt, der nach Barcelona ist …

El mismo.

Genau das ist er.

¡¡¡Noooooo!!!

Neeeeiiiin!!!

Bueno, bueno, no seas tan dramático. ¿Estás llorando?

Na, na, sei doch nicht so verzweifelt. Weinst du etwa?

¡ADIÓS, TREN! 2

Tschüss, Zug!

Es que me caso mañana por la mañana en Barcelona. Mi novia me va a matar...

Es ist nur so, dass ich morgen früh in Barcelona heiraten werde. Meine Freundin wird mich umbringen ...

No es tan grave. Hay otro tren dentro de una hora.

So schlimm ist es nicht. In einer Stunde fährt der nächste Zug.

¡Vaya! Es un alivio. ¡Casi me da algo!

Oh, was für eine Erleichterung! Ich habe schon die Krise gekriegt!

Déjame ver el billete. Es un billete flexible.

Zeig mir mal die Fahrkarte. Es ist ein Flex-Ticket.

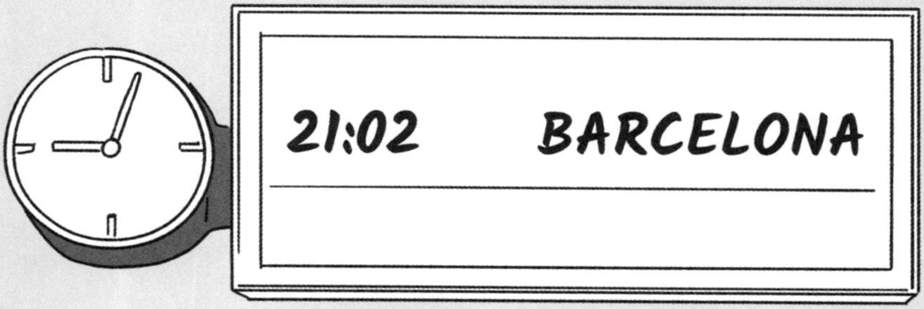

¿Significa eso que sirve para el siguiente tren?

Heißt das, es gilt auch für den nächsten Zug?

No, pero pagando un suplemento te harán el cambio. Ve a la taquilla.

Nein, aber gegen einen Aufpreis, kann eine Umbuchung gemacht werden. Geh zum Fahrkartenschalter.

GUT ZU WISSEN!

In den verschiedenen spanischsprachigen Ländern gibt es Unterschiede im Spanischen – selbst Menschen, die das Spanische als Muttersprache haben, verstehen sich manchmal falsch. Wenn Sie auf Reisen sind, sollten Sie Folgendes wissen:

! Was in Spanien ein **billete** (für Bus, Zug usw.) ist, nennt man in Lateinamerika **boleto**, und wenn es um ein Flugzeug geht, sagt man **pasaje**. Wenn es sich um eine Hin- und Rückfahrkarte handelt, spricht man in Mexiko von einem **boleto redondo**.

! Auch für den Reisebus gibt es verschiedene Übersetzungen: **colectivo** (Venezuela, Paraguay, Argentinien, Peru), **guagua** (Kanaren, Kuba, Dominikanische Republik, Puerto Rico) oder **camión** (Mexiko). Wenn Sie längere Strecken zurücklegen, hören Sie zudem möglicherweise das Wort **autocar** in Spanien und **ómnibus** in Lateinamerika, ebenso wie **flota** (Nicaragua, Kolumbien, Ecuador und Bolivien), **micro** (Argentinien) und **pul(l)man** (bezieht sich in Mexiko und Peru auf *Luxusbusse*).

! Ein weiteres Wort, das Probleme bereiten kann, sind die **servicios** (*Toiletten*). Dieses Wort ist in Spanien sehr verbreitet, wird jedoch in Amerika nicht unbedingt verstanden – hier spricht man meist von **baños**.

! Last but not least: Vorsicht mit dem Ausdruck **coger** in Amerika! Es gilt als ein sehr, sehr unanständiges Wort, das dem deutschen *ficken* entspricht. Während man also in Spanien Busse, Taxis, Züge, Schiffe und Flugzeuge mit dem Verb **coger(se)** nimmt, gebraucht man in Amerika die Ausdrücke **tomar(se)** oder **agarrar(se)**.

AUFGEPASST:
Falsche Freunde!

Wenn Sie eine Reservierung vornehmen oder Informationen erfragen möchten, denken Sie daran, dass *das Datum* nicht „el dato“ oder „la data“ heißt, sondern **la fecha**!

ETAPPEN**SIEG!**

Wir hoffen, dass Ihnen die Reise durch diese Seiten gefallen hat. Ihr Abenteuer durch die spanischsprachige Welt hat gerade erst begonnen! Nun, da Sie in einem sicheren Hafen gelandet sind, suchen wir gemeinsam die perfekte Unterkunft für Ihren Aufenthalt.

02

Aber bitte mit **Meerblick!**

Willkommen in den spanischsprachigen Ländern! Hier finden Sie Unterkünfte für jeden Geschmack und Geldbeutel.

In diesem Kapitel zeigen wir Ihnen, wie Sie die passende Unterkunft buchen – ob im Voraus oder vor Ort.

Wir helfen Ihnen bei der Ankunft, während Ihres Aufenthalts und auch beim Auschecken. So sind Sie bestens vorbereitet und können Ihren Aufenthalt unbeschwert genießen.

TIPOS DE ALOJAMIENTO — Unterkunftsarten

el albergue (juvenil)	[al'βerɣe (xuβe'nil)]	die (Jugend)herberge
el apartamento turístico	[aparta'mento tu'ristiko]	das Touristenapartment
la autocaravana	[autokara'βana]	das Wohnmobil
la cabaña	[ka'βaɲa]	die Hütte
el camping	['kampin]	der Campingplatz
la caravana	[kara'βana]	der Wohnwagen
la habitación privada	[aβita'θjom pri'βaða]	das Privatzimmer
el hostal de 1 estrella	[os'tal de 'una es'treɟa]	das 1-Stern-Hotel
el hotel de 5 estrellas	[o'tel de 'θiŋko es'treɟas]	das 5-Sterne-Hotel
la parcela	[par'θela]	der Zeltplatz
la tienda de campaña	['tjenda ðe kam'paɲa]	das Zelt
la ubicación céntrica	[uβika'θjon 'θentrika]	die zentrale Lage

HABITACIONES Y EQUIPAMIENTO — Zimmer und Ausstattung

el aire acondicionado	['aire akondiθjo'naðo]	die Klimaanlage
el baño compartido	['baɲo kompar'tiðo]	das Gemeinschaftsbad
el baño privado	['baɲo pri'βaðo]	das private Badezimmer
el bufé libre	[bu'fe 'liβre]	das freie Büfett
la caja fuerte	['kaxa 'fwerte]	der Safe
la calefacción	[kalefaɣ'θjon]	die Heizung
la cama doble (o de matrimonio)	['kama 'ðoβle (o ðe matri'monjo)]	das Doppelbett (oder das Ehebett)
la cama individual	['kama indiβi'ðwal]	das Einzelbett
la capacidad para 4 personas	[kapaθi'ðað 'para 'kwatro per'sonas]	Platz für 4 Personen
la conexión eléctrica	[koneɣ'sjon e'lektrika]	der Stromanschluss
desayuno incluido	[desa'ɟuno iŋklu'iðo]	inklusive Frühstück

desayuno no incluido	[desa'ɟuno no iŋklu'iðo]	Frühstück nicht inbegriffen
el frigorífico (o la nevera)	[friɣo'rifiko (o ne'βera)]	der Kühlschrank
la habitación con vistas al mar	[aβita'θjoŋ kom 'bistas al mar]	das Zimmer mit Meerblick
los lavaderos y fregaderos	[laβa'ðeros i freɣa'ðeros]	die Wasch- und Spülbecken
las literas	[li'teras]	die Stockbetten
el número de habitación	['numero ðe aβita'θjon]	die Zimmernummer
los servicios	[ser'βiθjos]	die Toiletten
la tarjeta magnética	[tar'xeta maɣ'netika]	die Magnetkarte
el / la wifi	['wifi]	das WLAN

SERVICIOS Y PRESTACIONES

Service und Leistungen

el alquiler de bicicletas	[alki'ler ðe βiθi'kletas]	der Fahrradverleih
el anfitrión / la anfitriona	[aɱfi'trjon / aɱfi'trjona]	der/die Gastgeber(in)
la entrega de llaves	[en̪'treɣa ðe 'ɟaβes]	die Schlüsselübergabe
la fianza (o el depósito)	[fi'an̪θa (o de'posito)]	die Kaution
el horario de comidas	[o'rarjo ðe ko'miðas]	der Speiseplan
el horario de entrada	[o'rarjo ðe en̪'traða]	die Check-in-Zeit
el horario de salida	[o'rarjo ðe sa'liða]	die Check-out-Zeit
la limpieza	[lim'pjeθa]	die Reinigung
la llave	['ɟaβe]	der Schlüssel
la media pensión	['meðja pen'sjon]	die Halbpension
la pensión	[pen'sjon]	die Pension
la pensión completa	[pen'sjoŋ kom'pleta]	die Vollpension
la piscina	[pis'θina]	das Schwimmbad, der Pool
el servicio de habitaciones	[ser'βiθjo ðe aβita'θjones]	der Zimmerservice
el servicio de lavandería	[ser'βiθjo ðe laβan̪de'ria]	der Wäscheservice
la taquilla	[ta'kiɟa]	das Schließfach

INFORMARSE		Sich informieren
Disculpe, ¿sabe si hay por aquí alguna pensión económica?	[dis'kulpe, ¿'saβe si ai̯ por a'ki al'ɣuna pen'sjon eko'nomika?]	Entschuldigung, wissen Sie, ob es hier in der Nähe eine günstige Pension gibt?
¿Tienen alguna habitación disponible para hoy mismo?	['bwenas 'tarðes, ¿'tjenen al'ɣuna aβita'θjon̪ dispo'niβle 'para oi̯ 'mismo?]	Haben Sie ein Zimmer für heute frei?
¿Puedo ver la habitación antes de decidir?	[¿'pweðo βer la aβita'θjon 'an̪tes ðe ðeθi'ðir?]	Kann ich das Zimmer sehen, bevor ich mich entscheide?
Hola, ¿quedan parcelas libres en el camping?	['ola, ¿'keðam par'θelas 'liβres en el 'kampin?]	Hallo, gibt es auf dem Campingplatz noch freie Plätze?
¿El hotel está en el centro de la ciudad?	[¿el o'tel es'ta en el 'θen̪tro ðe la θju'ðað?]	Ist das Hotel im Stadtzentrum?
¿El hostal está en pleno casco histórico?	[¿el os'tal es'ta em 'pleno 'kasko is'toriko?]	Ist die Pension mitten in der Altstadt?
¿El apartamento queda cerca de la playa?	[¿el aparta'men̪to 'keða 'θerka ðe la 'plaɟa?]	Ist das Apartment in Strandnähe?
¿Las habitaciones tienen aire acondicionado?	[¿las aβita'θjones 'tjenen 'ai̯re akon̪diθjo'naðo?]	Haben die Zimmer eine Klimaanlage?
¿Está incluido el desayuno en el precio?	[¿es'ta iŋklu'iðo el̪ desa'ɟuno en el 'preθjo?]	Ist das Frühstück im Preis inbegriffen?
¿Es accesible para personas en silla de ruedas?	[¿es aˠθe'siβle 'para per'sonas en 'siɟa ðe 'rrweðas?]	Ist es für Rollstuhlfahrer zugänglich?
¿Se admiten mascotas?	[¿se að'mitem mas'kotas?]	Sind Haustiere erlaubt?
¿Cuál es el precio por noche para una habitación individual con baño privado?	[¿kwal es el 'preθjo por 'noʧe 'para 'una aβita'θjon in̪diβi'ðwal kom 'baɲo pri'βaðo?]	Was ist der Preis pro Nacht für ein Einzelzimmer mit eigenem Bad?

RESERVAR

Buchen

Quisiera reservar una habitación para dos con cama doble / con dos camas.	[ki'sjera rreser'βar 'una aβita'θjom 'para ðos koŋ 'kama 'ðoβle / kon̪ dos 'kamas]	Ich möchte ein Zimmer für zwei Personen mit einem Doppelbett / mit zwei Betten buchen.
Preferiría una habitación tranquila.	[preferi'ria 'una aβita'θjon̪ tran'kila]	Ich würde ein ruhiges Zimmer bevorzugen.
Preferiría una habitación con balcón y vistas a la montaña.	[preferi'ria 'una aβita'θjoŋ kom bal'kon i 'βistas a la mon̪'taɲa]	Ich würde ein Zimmer mit Balkon und Bergblick bevorzugen.
Nos gustaría tener dos habitaciones contiguas.	[nos ɣusta'ria te'ner ðos aβita'θjones kon̪'tiɣwas]	Wir hätten gerne zwei benachbarte Zimmer.
Nos gustaría una parcela con sombra y capacidad para tres tiendas de campaña.	[nos ɣusta'ria 'una par'θela con 'sombra i kapaθi'ðað 'para tres 'tjen̪das ðe kam'paɲa]	Wir hätten gerne einen schattigen Platz, der groß genug ist für drei Zelte.

LLEGADA AL ALOJAMIENTO

Ankunft in der Unterkunft

Buenos días, tengo una reserva a nombre de...	['bwenos 'ðias, 'teŋgo 'una rre'serβa a 'nombre ðe...]	Guten Tag, ich habe eine Reservierung auf den Namen ...
¿A qué hora hay que dejar libre la habitación?	[¿a ke 'ora ai̯ ke ðe'xar 'liβre la aβita'θjon?]	Wann muss ich das Zimmer verlassen?
¿Me podrían subir el equipaje a la habitación?	[¿me po'ðrian su'βir el eki'paxe a la aβita'θjon?]	Könnten Sie mein Gepäck aufs Zimmer bringen?
¿Hay ascensor?	[¿ai̯ asθen'sor?]	Gibt es einen Aufzug?
¿Dónde puedo aparcar el coche?	[¿'don̪de 'pweðo apar'kar el 'koʧe?]	Wo kann ich das Auto parken?
¿Podría enseñarme las zonas comunes?	[¿po'ðria ense'ɲarme las 'θonas ko'munes?]	Könnten Sie mir die Gemeinschaftsräume zeigen?

SOLICITAR INFORMACIÓN

Informationen anfordern

¿Cuál es la clave del wifi?	[¿kwal es la ˈklaβe ðel ˈwifi?]	Wie lautet das WLAN-Passwort?
¿A qué hora se sirve el desayuno?	[¿a ke ˈora se ˈsirβe el̦ desaˈɟuno?]	Wann wird das Frühstück serviert?
¿Dónde está el comedor?	[¿ˈdon̪de esˈta el komeˈðor?]	Wo ist das Esszimmer?
¿Cómo funciona la lavadora?	[¿ˈkomo fuŋ̟ˈθjona la laβaˈðora?]	Wie funktioniert die Waschmaschine?
¿Cuál es el horario de la piscina?	[¿kwal es el oˈrarjo ðe la pisˈθina?]	Was sind die Öffnungszeiten für das Schwimmbad?
¿Me indica cómo llegar al mercado central?	[¿me in̪ˈdika ˈkomo ɟeˈɣar al merˈkaðo θen̪ˈtral?]	Können Sie mir sagen, wie ich zum Großmarkt komme?
¿Dónde hay una parada de autobús?	[¿ˈdon̪de ai̯ ˈuna paˈraða ðe au̯toˈβus?]	Wo gibt es eine Bushaltestelle?

SALIDA DEL ALOJAMIENTO

Abreise aus der Unterkunft

Ya nos marchamos. La cuenta, por favor.	[ɟa nos marˈʧamos. la ˈkwen̪ta, por faˈβor]	Wir reisen jetzt ab. Die Rechnung, bitte.
¿Podemos dejar el equipaje aquí hasta esta tarde?	[¿poˈðemos ðeˈxar el ekiˈpaxe aˈki ˈasta ˈesta ˈtarðe?]	Können wir das Gepäck bis heute Nachmittag hier lassen?

PETICIONES

Anfragen

¿Podrían despertarme mañana a las ocho?	[¿po'ðrian̪ desper'tarme ma'ɲana a las 'oʧo?]	Könnten Sie mich morgen um acht Uhr wecken?
¿Podrían subirnos el desayuno a la habitación?	[¿po'ðrian su'βirnos el̪ desa'ɟuno a la aβita'θjon?]	Könnten Sie uns das Frühstück aufs Zimmer bringen?
¿Me pide un taxi, por favor?	[¿me 'piðe un̪ 'taˠsi, por fa'βor?]	Würden Sie mir bitte ein Taxi rufen?
Necesitamos otra manta, por favor.	[neθesi'tamos 'otra 'man̪ta, por fa'βor]	Wir brauchen noch eine Decke, bitte.
Se nos ha acabado el papel higiénico.	[se nos a aka'βaðo el pa'pel i'xjeniko]	Wir haben kein Toilettenpapier mehr.
¿Podemos alargar la estancia dos días más?	[¿po'ðemos alar'ɣar la es'tan̪θja ðos 'ðias mas?]	Können wir den Aufenthalt um zwei Tage verlängern?

QUEJAS

Beschwerden

Tengo una queja con respecto a la limpieza.	['teŋgo 'una 'kexa kon rres'pekto a la lim'pjeθa]	Ich habe eine Beschwerde bezüglich der Sauberkeit.
Parece que el aire acondicionado no funciona bien.	[pa'reθe ke el 'ai̯re akon̪diθjo'naðo no fun̪'θjona βjen]	Es scheint, dass die Klimaanlage nicht richtig funktioniert.
No hay agua caliente.	[no ai̯ 'aɣwa ka'ljen̪te]	Es gibt kein warmes Wasser.
La sábana está manchada.	[la 'saβana es'ta man'ʧaða]	Auf dem Bettlacken sind Flecken.
Nos faltan toallas.	[nos 'faltan̪ to'aɟas]	Wir haben keine Handtücher.
¡Con este ruido es imposible dormir!	[¡kon 'este 'rrwiðo es impo'siβle ðor'mir!]	Bei diesem Lärm ist es unmöglich zu schlafen!

TR. 2

LLEGADA AL HOTEL

Ankunft im Hotel

*Buenos días.
Tengo una reserva a nombre
de Carmelo Ruiz.*

Guten Tag.
Ich habe eine Reservierung auf
den Namen Carmelo Ruiz.

*Bienvenido.
Me temo que la habitación
no estará lista hasta la una.*

Willkommen.
Ich fürchte, das Zimmer wird
nicht vor 13 Uhr fertig sein.

¿Puedo dejar aquí la maleta?

Kann ich meinen Koffer hier abstellen?

*Por supuesto que sí.
Y puede hacer uso de
las zonas comunes.*

Selbstverständlich.
Und Sie können die
Gemeinschaftsräume benutzen.

Creo que iré a dar una vuelta por el paseo marítimo.

Ich denke, ich werde einen Spaziergang an der Strandpromenade machen.

Como usted prefiera. Está a solo cinco minutos.

Wie Sie möchten. Sie ist nur fünf Minuten entfernt.

LLEGADA AL CAMPING

Ankunft auf dem Campingplatz

¡Hola!
¿Os quedan parcelas libres?

Hallo!
Habt ihr* noch freie Plätze?

¿Para cuántos días?

Für wie viele Tage?

Desde hoy hasta el domingo.

Von heute bis Sonntag.

¿Cuántas tiendas queréis poner?

Wie viele Zelte wollt ihr aufstellen?

Dos tiendas.

Zwei Zelte.

Mira este mapa.
Están disponibles las parcelas marcadas en verde.

Schau dir hier diese Karte an.
Die grün markierten Plätze sind verfügbar.

*In Spanien wird nicht so oft wie in den deutschsprachigen Ländern gesiezt. Sogar unter Fremden duzt man sich, z. B. wie hier mit dem Servicepersonal – es sei denn, es handelt sich um sehr alte oder äußerst wichtige Personen. Zudem spricht man sich in Spanien in der Regel mit dem Vornamen an.

A ver...
La n.° 17, por favor.

Mal sehen ...
Die Nr. 17, bitte.

Bien.
Serían 12 € por persona y día.

Gut, also.
Das wären dann 12 € pro Person und Tag.

GUT ZU WISSEN!

! In Spanien kann ein **hostal** (Gasthaus, kleines Hotel) 1 oder 2 Sterne haben, ein **hotel** (Hotel) dagegen 1 bis 5 Sterne, je nach Größe der Zimmer und Bäder und je nach Qualität und Vielfalt der angebotenen Dienstleistungen. Eine **pensión** (Pension, B&B) ist eine einfachere Art der Unterkunft mit einer eindeutigen Klassifizierung.

! Campingplätze wiederum haben ihre eigene Klassifizierung. Ein **camping de 3ª categoría** verfügt über grundlegende Einrichtungen, die im Allgemeinen eher rustikal und einfach sind – was aber nichts daran ändert, dass diese Plätze sehr schön sein können! Die Campingplätze **de 1ª y 2ª categoría** bieten weitere Services an und haben Einrichtungen wie Spielplätze, Sportplätze, Schwimmbäder, Grillplätze ... Der Unterschied liegt in der Größe der Zeltplätze sowie in der Qualität und Vielfalt der angebotenen Dienstleistungen. Ein **camping de lujo** schließlich ist sehr gepflegt und verfügt über alle Arten von Dienstleistungen und Einrichtungen.

AUFGEPASST:
Falsche Freunde!

Verwechseln Sie nicht **hostal** und **hostel**. Ein **hostal** ist ein kleines *Hotel* mit eigenen Zimmern und Bad. Im Gegensatz dazu ist ein **hostel** eine *Jugendherberge*, in der Zimmer, Badezimmer und Duschen geteilt werden (manchmal werden dort allerdings auch Privatzimmer angeboten). In **hostels** gibt es in der Regel Gemeinschaftsräume und organisierte Aktivitäten, was für eine fröhliche und offene Atmosphäre sorgt.

ETAPPEN**SIEG!**

Wir hoffen, Sie fühlen sich bereits wie zu Hause! Der nächste Schritt besteht darin, sich in die spanischsprachige Welt zu integrieren, indem Sie sich ganz selbstverständlich über verschiedene Themen unterhalten. Trauen Sie sich, das Eis zu brechen? Sie sind nicht allein, wir begleiten Sie!

03

Sprechen über **dies und das**

Wie war Ihre erste Kontaktaufnahme? Sicherlich ist Ihnen schon aufgefallen, dass die Spanischsprecher und -sprecherinnen im Allgemeinen gesprächig und freundlich sind.

Wagen Sie den ersten Schritt, und Sie werden viele Freunde finden!

Auf diesen Seiten zeigen wir Ihnen zahlreiche Ideen und Ausdrücke, die Ihnen helfen werden, sich an allen Arten von Gesprächen zu beteiligen.

LAS AFICIONES — Die Hobbys

ser aficionado / aficionada a ...	[ser afiθjoˈnaðo / afiθjoˈnaða a ...]	sich begeistern für ...
el baile	[ˈbai̯le]	der Tanz
el dibujo	[diˈβuxo]	die Zeichnung
la escalada	[eskaˈlaða]	das Klettern
la fotografía	[fotoɣraˈfia]	die Fotografie
la jardinería	[xarðineˈria]	die Gartenarbeit
los juegos de mesa (el ajedrez, el póker...)	[ˈxweɣos ðe ˈmesa (axeˈðreθ, ˈpoker...)]	die Gesellschaftsspiele (Schach, Poker ...)
la lectura	[lekˈtura]	das Lesen
la moda	[ˈmoða]	die Mode
el senderismo	[sen̪deˈrismo]	das Wandern
los viajes	[ˈbjaxes]	die Reisen
los videojuegos	[biðeoˈxweɣos]	die Videospiele
el yoga	[ˈɟoɣa]	(das) Yoga

LA MÚSICA — Die Musik

el/la cantante de moda	[kan̪ˈtan̪te ðe ˈmoða]	der angesagte Sänger / die angesagte Sängerin
el estilo musical	[esˈtilo musiˈkal]	der Musikstil
el grupo favorito	[ˈgrupo faβoˈrito]	die Lieblingsgruppe
el álbum	[ˈalβun]	das Album
el instrumento musical	[instruˈmen̪to musiˈkal]	das Musikinstrument
la lista de reproducción	[ˈlista ðe rreproðuɣˈθjon]	die Playlist

EL DEPORTE — Der Sport

las artes marciales	[ˈartes marˈθjales]	der Kampfsport
los deportes acuáticos	[deˈportes aˈkwatikos]	der Wassersport
los deportes de nieve	[deˈportes ðe ˈnjeβe]	der Wintersport
los deportes de riesgo	[deˈportes ðe ˈrrjesɣo]	der Extremsport
el gimnasio	[ximˈnasjo]	das Fitnessstudio
el partido (de tenis, de baloncesto...)	[parˈtiðo (ðe ˈtenis, ðe baloṇˈθesto...)]	das Spiel (Tennis, Basketball ...)
salir a correr	[saˈlir a koˈrrer]	joggen gehen
salir a patinar	[saˈlir a patiˈnar]	Rollschuh laufen
ver el fútbol en el bar	[ber el ˈfuðβol en el βar]	Fußball gucken in der Kneipe

EL CINE — Das Kino

el cinéfilo / la cinéfila	[θiˈnefilo / θiˈnefila]	der Kinoliebhaber / die Kinoliebhaberin
el estreno	[esˈtreno]	die Premiere
la película de animación	[peˈlikula ðe animaˈθjon]	der Animationsfilm
la película independiente	[peˈlikula iṇdepeṇˈdjeṇte]	der Independent-Film
el taquillazo	[takiˈɟaθo]	der Blockbuster

LOS TEMAS DE ACTUALIDAD — Aktuelle Themen

el cambio climático	[ˈkambjo kliˈmatiko]	der Klimawandel
las energías fósiles	[enerˈxias ˈfosiles]	die fossilen Energien
las energías renovables	[enerˈxias ˈrrenoˈβaβles]	die erneuerbaren Energien
la noticia de última hora	[noˈtiθja ðe ˈuḷtima ˈora]	die Eilmeldung

EMPEZAR UNA CONVERSACIÓN

Ein Gespräch beginnen

¿Te has enterado de (que)...?	[¿te as en̪teˈraðo ðe (ke)...?]	Hast du gehört, (dass) ...?
¿Tú sabes algo de...?	[¿tu ˈsaβes ˈalɣo ðe...?]	Weißt du etwas über ...?
¿Qué opinas de...?	[¿ke oˈpinas ðe...?]	Was hältst du von ...?
¿Qué te parece...?	[¿ke te paˈreθe...?]	Wie gefällt dir ...?
¿Crees que...?	[¿krees ke...?]	Glaubst du, (dass) ...?
¿Estás de acuerdo con...?	[¿esˈtas ðe aˈkwerðo kon...?]	Stimmst du zu mit ...?
¿Te parece bien que...?	[¿te paˈreθe βjen ke...?]	Findest du es gut, dass ...?
¿Es verdad que...?	[¿es βerˈðað ke...?]	Ist es wahr, dass ...?
¿Tú qué harías si...?	[¿tu ke aˈrias si...?]	Was würdest du tun, wenn ...?

OPINAR

Meinung äußern

(No) me parece bien que...	[(no) me paˈreθe βjen ke...]	Ich finde es (nicht) gut, dass ...
Estoy de acuerdo contigo en que... Sin embargo, opino también que...	[esˈtoi̯ ðe aˈkwerðo kon̪ˈtiɣo en ke... sin emˈbarɣo, oˈpino tamˈbjeŋ ke...]	Ich stimme dir zu, dass ... Aber ich meine auch, dass ...
Me parece una locura (o un disparate) que...	[me paˈreθe ˈuna loˈkura (o un̪ dispaˈrate) ke...]	Ich finde es verrückt (oder unsinnig), dass ...
A lo que ha dicho Marcos me gustaría añadir que...	[a lo ke a ˈdiʧo ˈmarkos me ɣustaˈria aɲaˈðir ke...]	Zu dem, was Marcos gesagt hat, möchte ich hinzufügen, dass ...
De haber estado en su lugar, yo (no) habría...	[de aˈβer esˈtaðo en su luˈɣar, ɟo (no) aˈβria...]	Wäre ich an seiner/ihrer Stelle gewesen, hätte ich (nicht) ...
Pues, que yo sepa, ...	[pwes, ke ɟo ˈsepa, ...]	Nun, soweit ich weiß, ...
No soy experto / experta en el tema, pero...	[no soi̯ esˈperto / esˈperta en el ˈtema, ˈpero...]	Ich bin kein Experte / keine Expertin auf dem Gebiet, aber ...

REACCIONAR

Reagieren

¿En serio?	[¿en ˈserjo?]	Wirklich?
Vaya, pues no tenía ni idea.	[ˈbaɟa, pwes no teˈnia ni iˈðea]	Nun, ich hatte keine Ahnung.
No lo habría adivinado.	[no lo aˈβria aðiβiˈnaðo]	Das hätte ich nicht gedacht.
¡Qué interesante!	[¡ke in̪tereˈsan̪te!]	Wie interessant!
Sí, estoy al tanto del tema y...	[si, esˈtoi̯ al̪ ˈtan̪to ðel ˈtema i...]	Ja, ich bin mir über das Thema im Klaren und ...
¡Por fin una buena noticia!	[¡por fin ˈuna ˈβwena noˈtiθja!]	Endlich eine gute Nachricht!
¿Sí? Pues qué pena.	[¿sí? pwes ke ˈpena]	Ja? Nun, das ist zu schade.

PEDIR MÁS INFORMACIÓN

Weitere Informationen erfragen

¿Qué quieres decir con...?	[¿ke ˈkjeres ðeˈθir kon...?]	Was meinst du mit ...?
¿Te refieres a (que)...?	[¿te rreˈfjeres a (ke)...?]	Meinst du(, dass) ...?
No lo sabía. ¿Puedes ponerme al corriente?	[no lo saˈβia. ¿ˈpweðes poˈnerme al koˈrrjen̪te?]	Ich wusste es nicht. Kannst du mich informieren?
¿Cómo os habéis enterado?	[¿ˈkomo os aˈβei̯s en̪teˈraðo?]	Wie habt ihr davon erfahren?
¿Cuál es su opinión al respecto?	[¿kwal es su opiˈnjon al rresˈpekto?]	Was ist Ihre Meinung dazu?
¿Qué opinas al respecto?	[¿ke oˈpinas al rresˈpekto?]	Was meinst du dazu?
¿Cómo tendríamos que proceder en su opinión?	[¿ˈkomo tenˈdriamos ke proθeˈðer en su opiˈnjon?]	Wie sollten wir Ihrer Meinung nach vorgehen?

EVITAR RESPONDER

Ausweichend antworten

Es un tema que no me interesa mucho.	[es un ˈtema ke no me in̪teˈresa ˈmuʧo]	Es ist ein Thema, das mich nicht sonderlich interessiert.
¡Qué pregunta más indiscreta!	[ˈike preˈɣun̪ta mas in̪disˈkreta!]	Was für eine indiskrete Frage!
Para responder a eso, antes tendría que saber (si)...	[ˈpara rresponˈder a ˈeso, ˈan̪tes ten̪ˈdria ke saˈβer (si)...]	Um das zu beantworten, müsste ich zuerst wissen(, ob) ...
No soy la persona más indicada para responder a eso.	[no soi̯ la perˈsona mas in̪diˈkaða ˈpara rrespon̪ˈder a ˈeso]	Dafür bin ich nicht der richtige Ansprechpartner / die richtige Ansprechpartnerin.
Primero me gustaría añadir que...	[priˈmero me ɣustaˈria aɲaˈðir ke...]	Zuerst möchte ich hinzufügen, dass ...
Ahí me has pillado.	[aˈi me as piˈɟaðo]	Da hast du mich erwischt.

CONTRADECIR

Widersprechen

Le tengo que contradecir.	[le ˈteŋgo ke kontraðeˈθir]	Da muss ich Ihnen widersprechen.
Yo lo veo de otro modo.	[ɟo lo ˈβeo ðe ˈotro ˈmoðo]	Das sehe ich anders.
No creo que tengas razón.	[no ˈkreo ke ˈteŋgas raˈθon]	Ich glaube nicht, dass du Recht hast.
Esto no corresponde a los hechos.	[ˈesto no korresˈpon̪de a los ˈetʃos]	Das entspricht nicht den Tatsachen.
No se trata en absoluto de esto.	[no se ˈtrata en aβsoˈluto ðe ˈesto]	Davon kann gar nicht die Rede sein.
No tienes razón.	[no ˈtjenez rraˈθon]	Du hast Unrecht. / Du bist im Unrecht.
Yo no lo veo así de fácil.	[ɟo no lo ˈβeo aˈsi ðe ˈfaθil]	Ich sehe das nicht so einfach.

Lo que dices no está nada claro.	[lo ke ˈðiθes no esˈta ˈnaða ˈklaro]	Was du sagst, ist ziemlich unklar.
Es (justo) al revés.	[es (ˈxusto) al reˈβes]	Das ist (genau) umgekehrt.
Sí, pero...	[si ˈpero]	Ja, aber ...
Has olvidado que.../Se te ha olvidado que...	[as olβiˈðaðo ke.../se te a olβiˈðaðo ke...]	Du hast vergessen, dass ...
Estás muy equivocado/ equivocada.	[esˈtas mwi ekiβoˈkaðo/ ekiβoˈkaða]	Das siehst du aber völlig falsch.

CAMBIAR DE TEMA

Das Thema wechseln

Cambiando de tema, ¿sabes que...?	[kamˈbjan̪do ðe ˈtema, ¿ˈsaβes ke...?]	Ach übrigens, weißt du, dass ...?
Ya que ha salido el tema (de)...	[ɟa ke a saˈliðo el ˈtema (ðe)...]	Da das Thema (von) ... aufgekommen ist ...
Volviendo al tema de antes, ...	[bolˈβjen̪do al ˈtema ðe ˈan̪tes, ...]	Zurück zum vorherigen Thema, ...
Ahora que lo mencionas...	[aˈora ke lo men̪ˈθjonas...]	Nun, da du es erwähnst ...
Eso me recuerda a (que)...	[ˈeso me rreˈkwerða a (ke)...]	Das erinnert mich an/daran, dass ...

TERMINAR UNA CONVERSACIÓN

Ein Gespräch beenden

Siento cortarte aquí, pero se me está haciendo tarde (para...).	[ˈsjento korˈtarte aˈki, ˈpero se me esˈta aˈθjen̪do ˈtarðe (ˈpara...)]	Es tut mir leid, wenn ich dich hier unterbreche, aber es wird spät (für ...)
Me encantaría quedarme a charlar (más rato), pero tengo que...	[me eŋkan̪taˈria keˈðarme a ʧarˈlar (mas ˈrrato), ˈpero ˈteŋgo ke...]	Ich würde gerne bleiben und (noch länger) plaudern, aber ich muss ...

ROMPIENDO EL HIELO

Das Eis brechen

¡Uf, qué calor hace hoy!

Mensch, ist das heiß heute!

¡Ay, de verdad!
No estoy acostumbrada yo a estos calores.

Aber wirklich!
Ich bin diese Hitze nicht gewohnt.

¿Tú tampoco eres de aquí?

Bist du auch nicht von hier?

¡Qué va!
Soy del norte de la península.

Keineswegs!
Ich bin aus dem Norden der Halbinsel.

¿Y qué te trae por las islas?

Und was führt dich auf die Inseln?

He venido a buscar trabajo para la temporada turística.
¿Y tú?

Ich bin hergekommen, um Arbeit für die Urlaubssaison zu suchen.
Und du?

Yo soy alemán y estoy aquí de vacaciones.

Ich bin Deutscher und mache hier Urlaub.

¡Jo, qué suerte!

Oh, du Glücklicher!

EL EQUIPAJE PERDIDO

Verlorenes Gepäck

¡Marta! ¿Qué tal las vacaciones?

Marta, wie war dein Urlaub?

Uy, el primer día fue un estrés...

Ach, der erste Tag war stressig ...

¿Por qué?
¿Tuviste problemas con el vuelo?

Warum?
Hattest du Probleme mit dem Flug?

No, pero al llegar al hotel, el taxi se alejó a toda velocidad mientras yo gritaba: "¡Eh, mi maleta, ladrón!"

Nein, aber als wir am Hotel ankamen, raste mein Taxi davon, und ich rief noch: „Hey, mein Koffer, du Dieb!"

¡Qué fuerte!
¿Y qué hiciste?

Krass!
Und was hast du gemacht?

Hecha una furia,
fui a la comisaría a denunciarlo.

Ich war wütend und bin
zur Polizeiwache gegangen,
um ihn anzuzeigen.

¡Bien hecho!
¿Encontraron al ladrón?

Gut gemacht!
Haben sie den Dieb gefunden?

Bueno, al rato me llamaron de la aerolínea
para decirme... que me había dejado
la maleta en el avión.

Naja, nach einer Weile erhielt ich einen Anruf von
der Fluggesellschaft, die mir mitteilte ... dass ich
meinen Koffer im Flugzeug vergessen hatte.

GUT ZU WISSEN!

! Der Hauptunterschied in Bezug auf die Konversation ist vielleicht die weniger strenge Einhaltung der „Redezeit" in Spanien. So ist es durchaus üblich, dass eine Person die andere vor dem Ende des Satzes unterbricht, dass zwei Personen gleichzeitig sprechen oder, dass eine Person plötzlich lauter spricht, um die andere zu übertönen. Das hat mehr mit Gewohnheit und Temperament zu tun als mit Bildung und Höflichkeit. Man sollte dies also nicht missverstehen, sondern einfach auch einmal jemanden unterbrechen, um selbst das Wort zu ergreifen.

! Ein weiterer wichtiger Unterschied ist, dass man sich in Spanien im Allgemeinen viel häufiger duzt. Das Siezen beschränkt sich in der Regel auf ältere Menschen und dient auch dazu, eine gewisse Höflichkeit zu unterstreichen, zum Beispiel wenn die Bedienung in einem eleganten Restaurant die Gäste siezt.

AUFGEPASST: Falsche Freunde!

Wenn Ihnen jemand erzählt, dass er gerne ins **gimnasio** (*Fitnessstudio*) geht, dann halten Sie ihn nicht für einen Streber – er treibt einfach nur gerne Sport und hält sich in seiner Freizeit fit.

ETAPPEN**SIEG!**

Jetzt, da Sie mit dem Reden begonnen haben, besteht der nächste Schritt beim Knüpfen von Kontakten darin, in Bars auszugehen und natürlich auch essen zu gehen und das breite gastronomische Angebot zu genießen.

04

Lecker **essen und trinken**

Haben Ihre neuen Freunde Sie auf ein Getränk eingeladen?

Alles unter Kontrolle! Auf diesen Seiten erfahren Sie, wie Sie Speisen und Getränke bestellen oder einen Tisch im Restaurant reservieren können. Außerdem finden Sie nützliche Sätze zum Bezahlen und auch für den Fall, dass Sie Grund zur Reklamation haben.

TIPOS DE LOCALES		Arten von Gaststätten
la arrocería	[arroθeˈria]	das Spezialitäten-restaurant für Reisgerichte
el asador (o la brasería)	[asaˈðor (o braseˈria)]	der Grill (oder die Brasserie)
el bar (de tapas)	[bar (ðe ˈtapas)]	die (Tapas)bar
el bufé libre	[buˈfe ˈliβre]	das (All-you-can-eat-) Buffet
la cafetería	[kafeteˈria]	die Cafeteria
la cervecería	[θerβeθeˈria]	die Brauerei
el chiringuito	[ʧiriŋˈgito]	die Strandbar
la churrería	[ʧurreˈria]	Stand, an dem churros gemacht und verkauft werden
el club nocturno	[kluβ nokˈturno]	der Nachtclub
la crepería	[krepeˈria]	die Crêperie
la discoteca	[diskoˈteka]	die Diskothek
la freiduría	[frei̯ðuˈria]	Bar oder Stand, wo frittierter Fisch verkauft wird
la hamburguesería	[amburɣeseˈria]	der Schnellimbiss
la heladería	[elaðeˈria]	die Eisdiele
el puesto de comida (para llevar)	[ˈpwesto ðe koˈmiða (ˈpara ɟeˈβar)]	der Imbissstand (zum Mitnehmen)
el restaurante de comida rápida	[rrestau̯ˈran̪te ðe koˈmiða ˈrrapiða]	das Fast-Food-Restaurant
el restaurante especializado en pasta, pescado...	[rrestau̯ˈran̪te espeθjaliˈθaðo em ˈpasta, pesˈkaðo]	das Restaurant, das auf Nudeln, Fisch ... spezialisiert ist
el restaurante vegano	[rrestau̯ˈran̪te βeˈɣano]	das vegane Restaurant
el restaurante vegetariano	[rrestau̯ˈran̪te βexetaˈrjano]	das vegetarische Restaurant

el self-service (o el restaurante autoservicio)	[self-ˈserβis (o rrestau̯ˈran̪te au̯toserˈβiθjo)]	das Selbstbedienungs-restaurant
la taberna	[taˈβerna]	die Kneipe

EN LA CARTA

Auf der Speisekarte

las bebidas alcohólicas	[beˈβiðas alˈkolikas]	die alkoholischen Getränke
las carnes	[ˈkarnes]	die Fleischgerichte
la carta de cócteles	[ˈkarta ðe ˈkokteles]	die Cocktailkarte
la carta de postres	[ˈkarta ðe ˈpostres]	die Dessertkarte
la carta de vinos	[ˈkarta ðe ˈβinos]	die Weinkarte
la copa (o el cubata)	[ˈkopa (o kuˈβata)]	der Mixed Drink
las ensaladas	[ensaˈlaðas]	die Salate
el entrante	[en̪ˈtran̪te]	die Vorspeise
la media ración	[ˈmeðja rraˈθjon]	die halbe Portion
el menú del día	[meˈnu ðel̪ ˈdia]	das Tagesmenü
la merienda	[meˈrjen̪da]	der Snack
el pescado	[pesˈkaðo]	der Fisch
los platos típicos de la región	[ˈplatos ˈtipikos ðe la rreˈxjon]	die typischen Gerichte der Region
el postre	[ˈpostre]	das Dessert
el primero	[priˈmero]	der erste Gang
la ración	[rraˈθjon]	die Portion
los refrescos	[rreˈfreskos]	die Erfrischungen
el segundo	[seˈɣun̪do]	der zweite Gang
las sopas	[ˈsopas]	die Suppen
las verduras	[berˈðuras]	das Gemüse

LLEGAR		Ankommen
Mesa para cuatro, por favor.	[ˈmesa ˈpara ˈkwatro, por faˈβor]	Einen Tisch für vier Personen, bitte.
¿Está ocupada (esta silla)?	[¿esˈta okuˈpaða (ˈesta ˈsiʝa)?]	Ist hier (dieser Stuhl) besetzt?
Hola. Tenemos una reserva a nombre de...	['ola. te'nemos 'una rreˈserβa a ˈnombre ðe...]	Hallo. Wir haben eine Reservierung auf den Namen ...

AVISAR		Auf etwas hinweisen
Soy alérgico/alérgica a las nueces/al marisco.	[soi̯ aˈlerxiko/aˈlerxika a las ˈnweθes/al maˈrisko]	Ich bin allergisch gegen Nüsse/Meeresfrüchte.
Tengo intolerancia a la lactosa/al gluten.	[ˈteŋgo in̪toleˈran̪θja a la lakˈtosa/al ˈɣluten]	Ich habe eine Laktose-/Gluten-Unverträglichkeit.
Soy diabético/diabética.	[soi̯ djaˈβetiko/djaˈβetika]	Ich bin Diabetiker/Diabetikerin.
Soy vegetariano/vegetariana.	[soi̯ βexetaˈrjano/βexetaˈrjana]	Ich bin Vegetarier/Vegetarierin.
Soy vegano/vegana.	[soi̯ βeˈɣano/βeˈɣana]	Ich bin Veganer/Veganerin.
No como carne/cerdo.	[no ˈkomo ˈkarne/ˈθerðo]	Ich esse kein Fleisch/Schweinefleisch.
No me gusta nada el pescado.	[no me ˈɣusta ˈnaða el pesˈkaðo]	Ich mag überhaupt keinen Fisch.

PEDIR

Bestellen

Voy a tomar el menú del día.	[boi̯ a toˈmar el meˈnu ðel̪ ˈdia]	Ich werde das Tagesmenü nehmen.
De primero tomaré una ensalada mixta.	[de priˈmero tomaˈre ˈuna ensaˈlaða ˈmista]	Als Vorspeise nehme ich einen gemischten Salat.
De segundo, lomo con huevos y patatas.	[de seˈɣun̪do, ˈlomo kon ˈweβos i paˈtatas]	Danach Lende mit Eiern und Kartoffeln.
Prefiero el filete muy hecho / poco hecho / en su punto.	[preˈfjero el fiˈlete mwi ˈeʧo / ˈpoko ˈeʧo / en su ˈpun̪to]	Am liebsten mag ich das Steak durch/blutig/gar.
De postre me gustaría arroz con leche.	[de ˈpostre me ɣustaˈria aˈrroθ kon ˈleʧe]	Zum Dessert hätte ich gerne Milchreis.
Para beber, un zumo de piña. Con/sin hielo, por favor.	[ˈpara βeˈβer, un̪ ˈθumo ðe ˈpiɲa. kon/sin ˈɟelo, por faˈβor]	Zu trinken einen Ananassaft. Bitte mit/ohne Eis.
Una copa/botella de vino, por favor.	[ˈuna ˈkopa/βoˈteɟa ðe ˈβino, por faˈβor]	Ein Glas / eine Flasche Wein, bitte.
Una jarra (grande) de cerveza, por favor.	[ˈuna ˈxarra (ˈɣran̪de) ðe θerˈβeθa, por faˈβor]	Einen (großen) Bierkrug, bitte.
Otra ronda, por favor.	[ˈotra ˈrron̪da, por faˈβor]	Noch eine Runde, bitte.
¿Puede traernos más pan?	[¿ˈpweðe traˈernos mas pan?]	Könnten Sie uns bitte noch Brot bringen?
Un café solo y un vaso de agua, por favor.	[uŋ kaˈfe ˈsolo i um ˈbaso de ˈaɣwa, por faˈβor]	Einen Kaffee und ein Glas Wasser, bitte.

PREGUNTAR

Fragen

¿Tienen cerveza sin gluten?	[¿ˈtjenen θerˈβeθa siŋ ˈgluten?]	Haben Sie glutenfreies Bier?
¿Hay zumos naturales?	[¿ai̯ ˈθumos natuˈrales?]	Haben Sie reinen Fruchtsaft?
¿Dónde están los servicios?	[¿ˈdon̪de esˈtan los serˈβiθjos?]	Wo ist die Toilette?
¿Las chuletas pueden ser con ensalada en vez de patatas?	[¿las ʧuˈletas ˈpweðen ser kon ensaˈlaða em beθ ðe paˈtatas?]	Könnten wir die Koteletts mit Salat anstelle von Kartoffeln haben?
¿Hay menú infantil?	[¿ai̯ meˈnu iɱfan̪ˈtil?]	Gibt es ein Kindermenü?
¿Se puede fumar aquí?	[¿se ˈpweðe fuˈmar aˈki?]	Darf man hier rauchen?
¿Podría traernos un cenicero?	[¿poˈðria traˈernos un̪ θeniˈθero?]	Könnten Sie uns einen Aschenbecher bringen?
¿Me pueden preparar lo que ha sobrado para llevármelo a casa?	[¿me ˈpweðen prepaˈrar lo ke a soˈβraðo ˈpara ɟeˈβarmelo a ˈkasa?]	Könnten Sie uns die Reste zum Mitnehmen einpacken?

PROTESTAR

Sich beschweren

Disculpe, camarero/ camarera. La sopa está fría / muy salada.	[disˈkulpe, kamaˈrero/ kamaˈrera. la ˈsopa esˈta ˈfria / mwi saˈlaða]	Entschuldigen Sie bitte. Die Suppe ist kalt / sehr salzig.
Tenemos un cubierto (de) menos.	[teˈnemos uŋ kuˈβjerto (ðe) ˈmenos]	Wir haben ein Besteck zu wenig.

Esta cuchara está sucia.	[ˈesta kuˈʧara esˈta ˈsuθja]	Dieser Löffel ist schmutzig.
Esta copa está rota.	[ˈesta ˈkopa esˈta ˈrrota]	Dieses Glas ist kaputt.
Este plato no lo hemos pedido.	[ˈeste ˈplato no lo ˈemos peˈðiðo]	Dieses Gericht haben wir nicht bestellt.
La tortilla está tardando mucho, ¿será que se les ha olvidado?	[la torˈtiʝa esˈta tarˈðan̪do ˈmuʧo, ¿seˈra ke se les a olβiˈðaðo?]	Wir haben die Tortilla schon vor einer Weile bestellt, ist sie vielleicht vergessen worden?
La mesa está coja.	[la ˈmesa esˈta ˈkoxa]	Der Tisch wackelt.
Nos faltan servilletas.	[nos ˈfal̪tan serβiˈʝetas]	Uns fehlen Servietten.

PAGAR

Bezahlen

La cuenta, por favor.	[la ˈkwen̪ta, por faˈβor]	Die Rechnung, bitte.
Creo que hay un error en la cuenta: nosotros no hemos tomado café.	[kreo ke ai̯ un eˈrror en la ˈkwen̪ta: noˈsotros no ˈemos toˈmaðo kaˈfe]	Ich glaube, hier ist ein Fehler in der Rechnung: Wir haben keinen Kaffee getrunken.
¿Puedo pagar con tarjeta?	[¿ˈpweðo paˈɣar kon̪ tarˈxeta?]	Kann ich mit Karte zahlen?
Aquí tiene. Quédese con el cambio.	[aˈki ˈtjene. ˈkeðese kon el ˈkambjo]	Hier, bitte schön. Behalten Sie den Rest.

EN EL CHIRINGUITO

An der Strandbar

Buenas, ¿qué les pongo?

Hallo, was darf ich Ihnen bringen?

Hola, nos gustaría tomar algo típico de aquí.
¿Qué nos recomienda?

Hallo, wir würden gerne etwas typisch Regionales essen.
Was können Sie uns empfehlen?

Les recomiendo la paella marinera.
Es la especialidad de la casa.

Ich empfehle Ihnen die Paella mit Meeresfrüchten.
Das ist die Spezialität des Hauses.

Muy bien, una paella para dos.

Sehr gut, eine Paella für zwei.

Tardará media hora.
¿Les traigo mientras una ración de calamares o de salmonetes?

Es wird eine halbe Stunde dauern.
Darf ich Ihnen in der Zwischenzeit eine Portion Tintenfisch oder Meerbarbe bringen?

¡Qué ricos!
¿Podemos pedir media ración de salmonetes y media de calamares?

Wie lecker!
Können wir eine halbe Portion Meerbarbe und eine halbe Portion Tintenfisch bestellen?

Sin problema.
¿Y para beber?

Kein Problem.
Und zu trinken?

Una jarra grande de sangría, por favor.

Einen großen Krug Sangria, bitte.

PEDIR COMIDA POR TELÉFONO

Essen telefonisch bestellen

Pizzería del Capo, dígame.

Pizzeria del Capo, hallo.

Hola, quiero pedir una pizza caprichosa de tamaño familiar.

Hallo, ich möchte gern eine Familienpizza Capricciosa bestellen.

¿Para llevar a casa o para recoger en el local?

Zur Lieferung nach Hause oder zur Abholung vor Ort?

Para casa.
La dirección es: callejón del Beso, n.° 4, 1° A.

Für zu Hause. Die Adresse lautet:
Callejón del Beso, Nr. 4, 1. Stock, Wohnung A.

De acuerdo, ¿vas a querer bebidas o algún postre?

Alles klar, möchtest du Getränke oder einen Nachtisch?

Ah, sí, dos latas de cerveza. Sin postre.

Ach ja, zwei Dosen Bier. Keinen Nachtisch.

Muy bien, pues tardará unos veinte minutos y serán 18,80 €.

Sehr gut, es dauert etwa zwanzig Minuten und kostet 18,80 €.

Gracias, hasta luego.

Danke, bis nachher.

GUT ZU WISSEN!

! In Spanien ist es nicht üblich, getrennt zu zahlen. Wenn die Rechnung gebracht wird, teilen sich die Gäste die Kosten und geben dem Servicepersonal die Gesamtsumme. Anders als in Deutschland, wo die Bedienung das Wechselgeld in der Geldbörse mit sich führt, geht sie in Spanien zur Kasse, um dort die Zahlung zu erfassen, und bringt anschließend das Wechselgeld auf einem kleinen Teller zurück an den Tisch. Gäste, die Trinkgeld geben möchten, lassen es auf dem Tellerchen liegen, bevor sie gehen.

! Wie die Sterne bei den Hotels werden auch die Kategorien der spanischen Restaurants in Gabeln gemessen, wobei fünf Gabeln auf ein echtes Luxusrestaurant hinweisen. Aber aufgepasst! Bewertet wird dabei nur die Lokalität, nicht die Qualität des Essens. Wenn ein Restaurant keine Gabel hat, bedeutet dies nicht, dass das Essen nicht exquisit ist.

! Und noch eine Besonderheit: Wussten Sie, dass in einigen spanischen Orten Tapas kostenlos sind? Dort gibt es zu jedem bestellten Getränk eine Tapa gratis dazu. Einige dieser Tapas-Paradiese sind Almería, Ávila, Badajoz, Granada, Jaén, León, Salamanca, Segovia und Vigo.

AUFGEPASST:
Falsche Freunde!

In Spanien ist ein **aperitivo** alkoholfrei. Tatsächlich ist es nicht einmal etwas zum Trinken, sondern etwas zum Naschen. Ein **aperitivo** zum Bier können Erdnüsse oder Oliven sein. Es kann auch ein leichtes Gericht vor der Hauptspeise sein. Ein **aperitivo** ist also kein Aperitif, sondern ein *Appetithappen* oder eine *Vorspeise*.
Und keine Sorge, wenn der **mantel** einmal Flecken bekommt: Das ist die *Tischdecke* und nicht Ihr Mantel.

ETAPPEN**SIEG!**

Mmm, das tut gut, ein köstliches Essen und dazu etwas zu trinken. Von Mal zu Mal fühlen Sie sich sicherer beim Reden, und das ist gut so, denn morgen treffen Sie sich wieder mit Leuten und lernen andere kennen.
Und nun auf zum nächsten Kapitel! Wir helfen Ihnen, Kontakte zu knüpfen.

05

Hallo, **wie geht's?**

In Spanien sagen wir immer:
„Die Freunde meiner Freunde sind auch meine Freunde“.

Machen Sie sich bereit, Ihren Bekanntenkreis zu erweitern, indem Sie die Freunde Ihrer neuen Freunde und Arbeitskolleginnen und -kollegen kennenlernen.

INFORMACIÓN PERSONAL		Persönliche Informationen
el nombre	['nombre]	der Name
los apellidos	[ape'ʝiðos]	die Nachnamen
el apodo	[a'poðo]	der Spitzname
la profesión	[profe'sjon]	der Beruf
el puesto	['pwesto]	die Arbeitsstelle

SALUDOS		Begrüßung
Buenos días.	['bwenos 'ðias]	Guten Morgen. / Guten Tag.
Buenas tardes.	['bwenas 'tarðes]	Guten Tag.
Buenas noches.	['bwenas 'notʃes]	Guten Abend.
Buenas.	['bwenas]	Guten Tag.
¿Qué tal?	[¿ke tal?]	Wie geht's?

DESPEDIDAS		Verabschiedung
Hasta otra.	['asta 'otra]	Bis zum nächsten Mal.
Nos vemos.	[nos 'βemos]	Wir sehen uns.
Nos vemos esta noche.	[nos 'βemos 'esta 'notʃe]	Wir sehen uns heute Abend.
Nos vemos el viernes.	[nos 'βemos el 'βjernes]	Wir sehen uns am Freitag.
¡Buen finde!	[¡bwen 'fin̪de!]	Schönes Wochenende!
¡Pasadlo bien!	[¡pa'saðlo βjen!]	Viel Spaß!
¡Que vaya bien!	[¡ke 'βaʝa βjen!]	Macht's gut!
Tengo que irme ya. Despídeme de los demás, porfa.	['teŋgo ke irme ʝa. des'piðeme ðe los ðe'mas, 'porfa]	Ich muss schon gehen. Grüß die anderen von mir, bitte.

ACCIONES

		Verschiedene Handlungen
hacer las presentaciones	[a'θer las presen̪ta'θjones]	Leute bekannt machen
presentar a alguien	[presen̪'tar a 'alɣjen]	jemanden vorstellen
presentarse	[presen̪'tarse]	sich vorstellen
introducir a alguien en un grupo	[in̪troðu'θir a 'alɣjen en uŋ 'grupo]	jemanden mit einer Gruppe bekannt machen
conocer a alguien	[kono'θer a 'alɣjen]	jemanden kennen; jemanden kennenlernen
conocerse mejor	[kono'θerse me'xor]	sich besser kennen; sich besser kennenlernen
saludar (a alguien)	[salu'ðar (a 'alɣjen)]	(jemanden) grüßen
despedirse (de alguien)	[despe'ðirse (ðe 'alɣjen)]	sich (von jemandem) verabschieden
tutear (o hablar de tú)	[tute'ar (o a'βlar ðe tu)]	duzen
hablar de usted	[a'βlar ðe us'teð]	siezen
invitar a alguien a (hacer) algo	[imbi'tar a 'alɣjen a (a'θer) 'alɣo]	jemanden einladen (etwas) zu (tun)

RELACIONES ENTRE PERSONAS

		Beziehungen zwischen Menschen
el mejor amigo	[me'xor a'miɣo]	der beste Freund
la mejor amiga	[me'xor a'miɣa]	die beste Freundin
el futuro marido	[fu'turo ma'riðo]	der zukünftige Ehemann
la futura mujer	[fu'tura mu'xer]	die zukünftige Frau
el ex	[eˠs]	die Ex
la ex	[eˠs]	der Ex

GENERAL		Allgemeines
Hola a todos/todas.	[ˈola a ˈtoðos/ˈtoðas]	Hallo zusammen.
Soy nuevo en la oficina.	[soi̯ ˈnweβo en la ofiˈθina]	Ich bin neu im Büro.
Soy nueva en la ciudad.	[soi̯ ˈnweβa en la θjuˈðað]	Ich bin neu in der Stadt.
Puedes hablarme de tú.	[ˈpweðes aˈβlarme ðe tu]	Du kannst mich duzen.
No me hables de usted, que no soy tan viejo/vieja.	[no me ˈaβles ðe usˈteð, ke no soi̯ tam ˈbjexo/ˈbjexa]	Siez mich nicht, so alt bin ich noch nicht.
¡Cuánto tiempo! Me alegro de verte.	[iˈkwan̪to ˈtjempo! me aˈleɣro ðe ˈβerte]	Ist das lange her! Ich freue mich, dich zu sehen.
¿Cómo tú por aquí?	[¿ˈkomo tu por aˈki?]	Was machst du hier?
¡Qué casualidad (encontrarnos aquí)!	[ike kaswaliˈðað (eŋkon̪ˈtrarnos aˈki)!]	Was für ein Zufall(, dass wir uns hier treffen)!
¡Qué agradable sorpresa!	[ike aɣraˈðaβle sorˈpresa!]	Was für eine angenehme Überraschung!
Eres la última persona a la que esperaba encontrarme aquí.	[ˈeres la ˈul̪tima perˈsona a la ke espeˈraβa eŋkon̪ˈtrarme aˈki]	Du bist die letzte Person, die ich hier erwartet hätte.
Siento llegar tarde. ¿Llevabas mucho rato esperando?	[ˈsjen̪to ɟeˈɣar ˈtarðe. ¿ˈɟeβas ˈmuʧo ˈrrato espeˈran̪do?]	Es tut mir leid, dass ich zu spät bin. Hast du lange gewartet?
¿También ha venido el alcalde?	[¿tamˈbjen a βeˈniðo el alˈkal̪de?]	Ist auch der Bürgermeister da?
¿Quién es la anfitriona?	[¿kjen es la aɱfiˈtrjona?]	Wer ist die Gastgeberin?
¿Quién es la mujer que hay en la barra?	[¿kjen es la muˈxer ke ai̯ en la ˈβarra?]	Wer ist die Frau an der Bar?

PERSONAL — Persönliches

Me llamo Evangelina, pero puedes llamarme Eva para acortar.	[me ˈɟamo eβaŋxeˈlina, ˈpero ˈpweðes ˈɟamarme eβa ˈpara aˈkortar]	Mein Name ist Evangelina, aber du kannst mich einfach Eva nennen.
En realidad, me llamo Juan Antonio, pero todos me llaman Rayo.	[en rrealiˈðað, me ˈɟamo xuan anˈtonjo, ˈpero ˈtoðos me ˈɟaman ˈrraɟo]	Eigentlich heiße ich Juan Antonio, aber jeder nennt mich Rayo.
Sé que nos presentaron antes, pero no me quedé con tu nombre.	[se ke nos presen̪ˈtaron ˈan̪tes, ˈpero no me keˈðe kon tu ˈnombre]	Ich weiß, dass wir einander vorgestellt wurden, aber ich weiß deinen Namen nicht mehr.
Somos amigos del novio.	[ˈsomos aˈmiɣos ðel ˈnoβjo]	Wir sind Freunde des Bräutigams.
Somos familiares de la novia.	[ˈsomos famiˈljares ðe la ˈnoβja]	Wir sind Verwandte der Braut.
Soy la pareja de Gabi.	[soi̯ la paˈrexa ðe ˈɣaβi]	Ich bin Gabis Partner/ Partnerin.
¿De qué parte de Alemania es usted?	[¿de ke ˈparte ðe aleˈmanja es usˈteð?]	Aus welcher Gegend Deutschlands sind Sie?

SER PRESENTADO/PRESENTADA — Vorgestellt werden

Permítanme hacer las presentaciones.	[perˈmitamme aˈθer las presen̪taˈθjones]	Darf ich vorstellen?
Déjame presentarte a mi prima.	[ˈdexame presen̪ˈtarte a mi ˈprima]	Darf ich dir meinen Cousin vorstellen?
¿Quieres que te presente al encargado de seguridad?	[¿ˈkjeres ke te preˈsen̪te al eŋkarˈɣaðo ðe seɣuriˈðað?]	Soll ich dir den Sicherheitsbeauftragten vorstellen?
¿Te gustaría conocer a Félix?	[¿te ɣustaˈria konoˈθer a ˈfeliˠs?]	Möchtest du Felix kennenlernen?

Luis, te presento a mi pareja, Edu.	[lwis, te preˈsen̪to a mi paˈrexa, ˈeðu]	Luis, das ist mein Partner Edu.
Permitidme hacer las presentaciones: Noelia, Dante; Dante, Noelia.	[permiˈtiðme aˈθer las presen̪taˈθjones: noˈelja, ðan̪te; ðan̪te, noˈelja]	Darf ich bekannt machen: Noelia, Dante; Dante, Noelia.
Rocío es la directora de la academia donde trabajo, ¡tratádmela bien!	[rroˈθio es la ðirekˈtora ðe la akaˈðemja ˈðon̪de traˈβaxo, ¡traˈtaðmela βjen!]	Rocío ist die Direktorin der Akademie, an der ich arbeite, sei nett zu ihr!

CONVERSACIÓN TRIVIAL

Smalltalk

¿Vienes mucho por aquí?	[¿ˈbjenes ˈmuʧo por aˈki?]	Kommst du oft hierher?
¿Eres de aquí?	[¿ˈeres ðe aˈki?]	Bist du von hier?
Tú no eres de por aquí, ¿verdad?	[tu no ˈeres ðe aˈki, ¿βerˈðað?]	Du bist nicht von hier, oder?
¿Desde cuándo trabajas aquí?	[¿ˈdesðe ˈkwan̪do traˈβaxas aˈki?]	Seit wann arbeitest du hier?
¿Cuánto tiempo llevas viviendo en España?	[¿ˈkwan̪to ˈtjempo ˈɟeβas βiˈβjen̪do en esˈpaɲa?]	Wie lange lebst du schon in Spanien?
Gracias por esta charla tan interesante.	[ˈgraθjas por ˈesta ˈʧarla tan in̪tereˈsan̪te]	Danke für das interessante Gespräch.
¿Podemos retomar esta conversación más tarde?	[¿poˈðemos rretoˈmar ˈesta kombersaˈθjon mas ˈtarðe?]	Vielleicht können wir unsere Unterhaltung später weiterführen?
Hay un par de personas más a las que me gustaría conocer.	[ai̯ um par ðe perˈsonas mas a las ke me ɣustaˈria konoˈθer]	Ich möchte noch ein paar Leute kennenlernen.
Si no le importa, me gustaría socializar con los invitados / con los demás.	[si no le imˈporta, me ɣustaˈria soθjaliˈθar kon los imbiˈtaðos / kon los ðeˈmas]	Wenn es Ihnen nichts ausmacht, möchte ich mich unter die Gäste/anderen mischen.

PRESENTARSE

Sich vorstellen

Con su permiso, voy a presentarme yo mismo/a.	[kon su per'miso, βoi̯ a presen̪'tarme ɟo 'mismo/a]	Darf ich mich vorstellen?
Me llamo…	[me 'ɟamo…]	Ich heiße …
Soy el nuevo practicante. Hoy es mi primer día.	[soi̯ el 'nweβo prakti'kan̪te. oi̯ es mi pri'mer 'dia]	Ich bin der neue Praktikant. Heute ist mein erster Tag.
Soy la nueva jefa de cocina.	[soi̯ la 'nweβa 'xefa ðe ko'θina]	Ich bin die neue Küchenchefin.
Soy estudiante de intercambio.	[soi̯ estu'ðjan̪te ðe in̪ter'kambjo]	Ich bin Austauschschüler/ Austauschschülerin.
Tú debes de ser Carlos.	[tu ðe'βes ðe ser 'karlos]	Du musst Carlos sein.

DESPUÉS DE HABERSE CONOCIDO

Nach dem Kennenlernen

Encantado de conocerte.	[eŋkan̪'taðo ðe kono'θerte]	Schön, dich kennenzulernen.
Encantada de conoceros (a todos / todas).	[eŋkan̪'taða ðe kono'θeros (a 'toðos / 'toðas)]	Freut mich, euch (alle) kennenzulernen.
Me alegro de conocerte.	[me a'leɣro ðe kono'θerte]	Ich freue mich, dich kennenzulernen.
¡Por fin nos conocemos!	[¡por fin nos kono'θemos!]	Endlich lernen wir uns kennen!
Ya tenía ganas de conocerte.	[ɟa te'nia 'ɣanas ðe kono'θerte]	Ich hatte mich schon darauf gefreut, dich kennenzulernen.
Tu primo me ha hablado mucho de ti.	[tu 'primo me a a'βlaðo 'mutʃo ðe ti]	Dein Cousin hat mir viel von dir erzählt.
Me ha alegrado saludarte.	[me a ale'ɣraðo salu'ðarte]	Ich habe mich gefreut, das du gekommen bist.

BAUTISMO DE BUCEO

Erster Tauchgang

Hola, soy Alex, el monitor de submarinismo.

Hallo, ich bin Alex, der Tauchlehrer.

Edurne, encantada de conocerte.

Edurne, freut mich, dich kennenzulernen.

¿Puedes repetirme tu nombre?

Kannst du deinen Namen wiederholen?

E-dur-ne.

E-dur-ne.

No lo había oído nunca. ¿Es español?

Den habe ich noch nie gehört. Ist das Spanisch?

Es un nombre vasco. Significa "nieve".

Es ist ein baskischer Name. Er bedeutet „Schnee".

Vaya, pues es un nombre muy bonito.

Aha, also das ist ein sehr schöner Name.

Gracias.

Danke.

FELIZ... ¿REENCUENTRO?

Glückliches ... Wiedersehen?

¡Cuánto tiempo sin vernos!
¡Ven aquí y dame un abrazo!

Lang nicht gesehen!
Komm her und lass dich umarmen!

¡Eh, eh!
Que no te he visto en mi vida.

He, he!
Ich habe dich noch nie im Leben gesehen.

Pero… Catalina,
¿no te acuerdas de mí?

Aber … Catalina,
erinnerst du dich nicht an mich?

¡Ah!
Me confundes con
mi hermana mayor.

Ah!
Du verwechselst mich mit
meiner älteren Schwester.

¡Vaya, qué vergüenza!
Perdón, es que eres su viva imagen.

Oh, wie peinlich!
Entschuldige, aber du bist ihr wie aus
dem Gesicht geschnitten.

Perdonado.

Macht nichts.

Soy Pepito.
Dale a tu hermana muchos
recuerdos de mi parte.

Ich bin Pepito.
Richte deiner Schwester
viele Grüße von mir aus.

Yo se los daré.

Das werde ich machen.

GUT ZU WISSEN!

In diesem Kapitel haben Sie viele nützliche Sätze für die Begrüßung gelernt. Damit Sie bei einer Begegnung einen besonders herzlichen Eindruck hinterlassen, finden Sie hier einige Tipps zum typisch spanischen Körperkontakt.

! Der im deutschsprachigen Raum vorherrschende Brauch des Händeschüttelns ist in Spanien nur in sehr förmlichen oder gar feierlichen Zusammenhängen üblich.

! Wenn man in Spanien jemandem vorgestellt wird oder Bekannte trifft, gibt man sich normalerweise zwei Küsschen auf die Wange. Aber bitte zuerst auf die rechte und dann auf die linke Wange, niemals umgekehrt! Das ist gut zu wissen, um peinliche oder, je nach Sichtweise, lustige Situationen zu vermeiden. Ein weiteres Detail, das es zu beachten gilt, ist, dass man weniger mit den Lippen küsst, sondern eher die Wangen leicht berührt.

! Allerdings küssen Spanier normalerweise keine anderen Männer, es sei denn, es sind nahe Verwandte. Generell schütteln sie sich die Hände, meist begleitet von einem Klaps auf den Rücken.

AUFGEPASST:
Falsche Freunde!

Auf Spanisch ist es dasselbe, ob man sagt **mi amigo / mi amiga** oder **un amigo mío / una amiga mía**.
Wenn es um eine Beziehung geht, sagt man **mi novio / mi novia** oder **mi pareja**.

ETAPPEN**SIEG!**

Sie haben sehr nette Leute kennengelernt und sie eingeladen, morgen bei Ihnen zu Hause etwas zu trinken. Aber leider ist der Kühlschrank leer! Um Ihren Gästen etwas anbieten zu können, müssen Sie in den Supermarkt gehen.
Bereiten Sie die Einkaufstaschen und den Geldbeutel vor, es geht los.

06

Auf in den **Supermarkt!**

Kaufen Sie lieber in großen Supermärkten ein oder bevorzugen Sie den örtlichen Markt und die guten alten Tante-Emma-Läden?

Welche Variante auch immer Ihnen mehr zusagt, lesen Sie dieses Kapitel, und bereiten Sie Ihre Einkaufsliste vor, denn wir wollen einkaufen gehen.

SECCIONES DEL SUPERMERCADO		Supermarktabteilungen
aceites y especias	[a'θei̯tes i es'peθjas]	Öle und Gewürze
aguas minerales, zumos y refrescos	['aɣwas mine'rales, 'θumos i rre'freskos]	Mineralwasser, Säfte und Erfrischungsgetränke
arroces y legumbres	[a'rroθes i le'ɣumbres]	Reis und Hülsenfrüchte
bollería	[boʝe'ria]	Feingebäck
café, té e infusiones	[ka'fe, te e iɱfu'sjones]	Kaffee und Tee
carnicería	[karniθe'ria]	Fleischerei
charcutería	[ʧarkute'ria]	Wurstwaren
conservas	[kon'serβas]	Konserven
cosmética	[kos'metika]	Kosmetik
frutería	[frute'ria]	Obsthandlung
galletas y dulces	[ga'ʝetas i 'ðul̪θes]	Kekse und Süßigkeiten
harinas	[a'rinas]	Mehl
huevos	['weβos]	Eier
limpieza y hogar	[lim'pjeθa i o'ɣar]	Reinigung und Haushalt
mascotas	[mas'kotas]	Haustiere
panadería	[panaðe'ria]	Bäckerei
papel higiénico, servilletas y pañuelos	[pa'pel i'xjeniko, serβi'ʝetas i pa'ɲwelos]	Toilettenpapier, Servietten und Taschentücher
pastas	['pastas]	Teigwaren
pastelería	[pastele'ria]	Gebäck
perfumería e higiene	[perfume'ria e i'xjene]	Parfümerie und Hygiene
pescadería	peskaðe'ria]	Fischmarkt
platos precocinados	['platos prekoθi'naðos]	Fertiggerichte
productos lácteos	[pro'ðuktos 'lakteos]	Milchprodukte
quesos	['kesos]	Käse
ultracongelados	[ul̪trakoŋxe'laðos]	tiefgefrorene Lebensmittel
verduras y hortalizas	[ber'ðuras i orta'liθas]	Gemüse

vinos y licores	['binos i li'kores]	Weine und Spirituosen
yogures y postres	['ɟoɣures i 'postres]	Joghurt und Desserts
zona de cajas	['θona ðe 'kaxas]	Kassenbereich

VOCABULARIO BÁSICO

		Grundwortschatz
la bolsa de papel	['bolsa ðe pa'pel]	die Papiertüte
la bolsa de plástico	['bolsa ðe 'plastiko]	die Plastiktüte
la bolsa de tela	['bolsa ðe 'tela]	die Stofftasche
la bolsa para congelados	['bolsa 'para koŋxe'laðos]	der Gefrierbeutel
el bote (o el tarro)	['bote (o 'tarro)]	der Topf (oder das Einmachglas)
la caja	['kaxa]	die Kasse
la caja de cartón	['kaxa ðe kar'ton]	der Karton
el carrito	[ka'rrito]	der Einkaufswagen
el carro	['karro]	der (große) Einkaufswagen
la cesta	['θesta]	der Einkaufskorb
los congeladores	[koŋxela'ðores]	die Gefriertruhen
el descuento	[des'kwen̪to]	der Rabatt
las escaleras mecánicas	[eska'leras me'kanikas]	die Rolltreppe
la fecha de caducidad	['fet͡ʃa ðe kaðuθi'ðað]	das Verfallsdatum
los frigoríficos	[friɣo'rifikos]	die Kühlschränke
la lata	['lata]	die Dose
el IVA (incluido)	['iβa (iŋ'klwiðo)]	die Mehrwertsteuer (inklusive)
la oferta	[o'ferta]	das Angebot
el pasillo	[pa'siɟo]	der Gang
el tetrabrik	[tetra'βrik]	das Tetrapak®
el tique de compra	['tike ðe 'kompra]	der Kassenbon

PEDIR INFORMACIÓN — Informationen erfragen

¿Dónde puedo encontrar café soluble?	[¿ˈdon̪de ˈpweðo eŋkon̪ˈtrar caˈfe soˈluβle?]	Wo finde ich Instantkaffee?
¿Dónde están las servilletas de papel?	[¿ˈdon̪de esˈtan las serβiˈɟetas ðe paˈpel?]	Wo sind die Papierservietten?
¿Hay azúcar moreno?	[¿ai̯ aˈθukar moˈreno?]	Gibt es hier braunen Zucker?
¿Cuál es el precio de este producto?	[¿kwal es el ˈpreθjo ðe ˈeste proˈðukto?]	Was ist der Preis für dieses Produkt?
¿Qué tienen hoy en oferta?	[¿ke ˈtjenen oi̯ en oˈferta?]	Was haben Sie heute im Angebot?
¿Estas cervezas se venden también por unidades o solo por packs?	[¿ˈestas θerˈβeθas se ˈβen̪den̪ tamˈbjem por uniˈðaðes o ˈsolo por pa^{ɣ}s?]	Werden diese Biere auch einzeln oder nur in Mehrfachpacks verkauft?
¿Cierran al mediodía?	[¿ˈθjerran al meðjoˈdia?]	Schließen Sie mittags?
¿Abren los sábados por la tarde?	[¿ˈaβren los ˈsaβaðos por la ˈtarðe?]	Haben Sie samstagnachmittags geöffnet?
¿Hay que sacar número?	[¿ai̯ ke saˈkar ˈnumero?]	Muss man eine Nummer ziehen?
¿Quién es el último/la última?	[¿kjen es el ˈul̪timo/la ˈul̪tima?]	Wer ist der/die Letzte?
¿Dónde están los productos ecológicos?	[¿ˈdon̪de esˈtan los proˈðuktos ekoˈloxikos?]	Wo befinden sich die Bio-Produkte?
Estoy buscando leche vegetal.	[esˈtoj busˈkando ˈletʃe βexeˈtal]	Ich suche pflanzliche Milch.
¿Dónde está la caja?	[¿ˈdon̪de esˈta la ˈkaxa?]	Wo ist die Kasse?
¿Hay bolsas de papel?	[¿ai̯ ˈbolsas ðe paˈpel?]	Gibt es Papiertüten?

EN LA SECCIÓN DE CARNICERÍA

In der Fleischereiabteilung

Deme una pechuga de pollo, por favor.	[ˈdeme ˈuna peˈʧuɣa ðe ˈpoɟo, por faˈβor]	Eine Hähnchenbrust, bitte.
Quería un kilo de lomo, en filetes.	[keˈria un ˈkilo ðe lomo, eɱ fiˈletes]	Ich hätte gern ein Kilo Lende in Scheiben.
Medio kilo de chuletas de cordero.	[ˈmedjo ˈkilo ðe ʧuˈletas ðe korˈðero]	Ein halbes Kilo Lammkoteletts.
Póngame ternera de la oferta y píquemela para hamburguesas.	[ˈpoŋɣame terˈnera de la oˈferta i ˈpikemela ˈpara amburˈɣesas]	Ich hätte gern das Kalbfleisch aus dem Angebot, und bitte zerkleinern Sie es mir für Hamburger.
¿Puede deshuesarme los muslos de pollo?	[¿ˈpweðe ðesweˈsarme los ˈmuslos ðe ˈpoɟo?]	Können Sie mir bitte die Hühnerschenkel entbeinen?
Córtemelo en trozos para guiso.	[ˈkortemelo en̪ ˈtroθos ˈpara ˈɣiso]	Bitte schneiden Sie es in Stücke für einen Eintopf.

EN LA SECCIÓN DE CHARCUTERÍA

In der Feinkostabteilung

Póngame 1/4 kg de ese queso.	[ˈpoŋɣame uŋ ˈkwarto ðe ˈkilo ðe ˈese ˈkeso]	Geben Sie mir 1/4 kg von dem Käse.
100 g de salchichón, por favor.	[θjen ˈɣramos ðe salʧiˈʧon, por faˈβor]	100 g Salami, bitte.
Córtelo en lonchas finas/gruesas.	[ˈkortelo en ˈlonʧas ˈfinas/ˈɣrwesas]	Schneiden Sie sie in dünne/dicke Scheiben.
¿Puede envasarlo al vacío?	[¿ˈpweðe embaˈsarlo al βaˈθio?]	Können Sie es vakuumverpacken?

EN LA SECCIÓN DE PESCADERÍA

In der Fischabteilung

Dos lubinas, por favor. Abiertas, para poner a la plancha.	[dos luˈβinas, por faˈβor. aˈβjertas, ˈpara poˈner a la ˈplantʃa]	Zwei Seebarsche, bitte. Bitte ausgenommen, sodass man sie grillen kann.
Póngame también medio kilo de langostinos cocidos.	[ˈpoŋɣame tamˈbjen ˈmeðjo ˈkilo ðe laŋgosˈtinos koˈθiðos]	Geben Sie mir auch ein halbes Kilo gekochte Garnelen.
¿Los calamares están limpios?	[¿los kalaˈmares esˈtan ˈlimpjos?]	Sind die Tintenfische ausgenommen?
Póngame esa dorada y prepáremela para ponerla al horno.	[ˈpoŋɣame ˈesa ðoˈraða i preˈparemela ˈpara poˈnerla al ˈorno]	Ich hätte gern die Goldbrasse, und bitte bereiten Sie sie mir für den Backofen vor.
Me pone medio salmón y me lo corta en filetes no muy finos.	[me ˈpone ˈmeðjo salˈmon i me lo ˈkorta eɱ fiˈletes no mwi ˈfinos]	Ich hätte gern einen halben Lachs, und bitte schneiden Sie ihn für mich in nicht allzu dünne Scheiben.
Me lo limpia y le quita las escamas, por favor.	[me lo ˈlimpja i le ˈkita las esˈkamas, por faˈβor]	Nehmen Sie ihn für mich aus und entfernen Sie die Schuppen, bitte.

EN EL PUESTO DE VERDURAS

Am Gemüsestand

Quiero un kilo de patatas, por favor.	[ˈkjero uŋ ˈkilo ðe paˈtatas, por faˈβor]	Ich hätte gern ein Kilo Kartoffeln, bitte.
¿Tienen pepinos hoy?	[¿ˈtjenen peˈpinos oj?]	Haben Sie heute Gurken?
Están muy frescos. Me los llevo.	[esˈtan muj ˈfreskos. me los ˈɟeβo]	Die sind sehr frisch. Ich nehme sie.
Solo necesito medio kilo de zanahorias.	[ˈsolo neseˈsito ˈmeðjo ˈkilo ðe θanaˈorjas]	Ich brauche nur ein halbes Kilo Karotten.
¿Me lo puede pesar, por favor?	[me lo ˈpweðe peˈsar, por faˈβor]	Können Sie mir das bitte abwiegen?

¿Qué verduras son de temporada?	[¿ke βerˈðuras son ðe tempoˈraða?]	Welches Gemüse ist gerade saisonal?
¿Me puede dar un tomate más maduro?	[¿me ˈpweðe ðar un toˈmate mas maˈðuro?]	Können Sie mir eine reifere Tomate geben?

EN LA SECCIÓN DE FRUTERÍA

In der Obstabteilung

Un kilo de ciruelas y medio de peras, por favor.	[uŋ ˈkilo ðe θiˈrwelas i ˈmeðjo ðe ˈperas, por faˈβor]	Ein Kilo Pflaumen und ein halbes Kilo Birnen, bitte.
¿Los plátanos son de Canarias?	[¿los ˈplatanos soṇ de caˈnarjas?]	Sind die Bananen von den Kanarischen Inseln?
¿Puedo probar las cerezas?	[¿ˈpweðo proˈβar las θeˈreθas?]	Darf ich die Kirschen probieren?
Póngame un par de aguacates maduros.	[ˈpoŋɣame um par ðe aɣwaˈkates maˈðuros]	Geben Sie mir ein paar reife Avocados.

PAGAR

Bezahlen

Dos bolsas, por favor.	[dos ˈβolsas, por faˈβor]	Zwei Taschen, bitte.
¿Puedo pagar con un billete de cien?	[¿ˈpweðo paˈɣar kon um biˈɟete ðe θjen?]	Kann ich mit einem Hunderter bezahlen?
¿Hay un importe mínimo para poder pagar con tarjeta?	[¿ai̯ un imˈporte ˈminimo ˈpara poˈðer paˈɣar kon tarˈxeta?]	Gibt es einen Mindestbetrag für die Kartenzahlung?
Veo en el tique de compra que no se me ha aplicado el descuento en la leche.	[ˈbeo en el ˈtike ðe ˈkompra ke no se me a apliˈkaðo el̪ desˈkweṇto en la ˈleʧe]	Ich sehe auf dem Kassenbon, dass mir der Rabatt für die Milch nicht gegeben wurde.

TR. 10

EN LA CARNICERÍA

Beim Metzger

¿A quién le toca?

Wer ist an der Reihe?

¡A mí!

Ich!

¿Qué le pongo?

Was darf es sein?

¿Qué me recomienda para poner esta noche en la barbacoa?

Was können Sie mir für heute Abend zum Grillen empfehlen?

Pues tengo unos chorizos muy frescos. Y las criadillas están en oferta.

Nun, ich habe einige sehr frische Chorizos. Und die Criadillas sind im Angebot.

¿Criadillas? ¿Qué es eso?

Criadillas? Was ist das?

Son testículos de toro.

Das sind Stierhoden.

Eh... Póngame dos kilos de chorizo.

Äh ... Geben Sie mir zwei Kilo Chorizos.

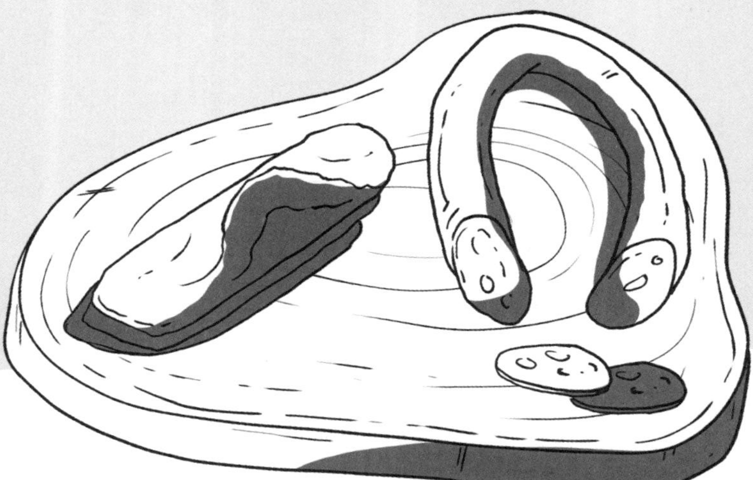

TR. 11

EN LA PANADERÍA

Beim Bäcker

Buenos días, ¿qué te pongo?

Guten Tag, was darf es sein?

A ver... Ponme cuatro bollos para hacer bocadillos.

Also ... Ich hätte gern vier Brötchen für Sandwiches.

¿De estos redondos o de aquellos más grandes?

Diese runden oder die größeren da?

De los grandes, mejor.
Y un cuarto de roscos.
Son típicos de aquí, ¿verdad?

Lieber die größeren.
Und ein Viertelkilo Donuts.
Die sind typisch für diese Gegend, oder?

Sí, y son caseros.
¿Algo más?

Ja, und sie sind hausgemacht.
Sonst noch etwas?

Pues sí, una barra integral.

Ja, ein Vollkornbaguette.

Son cinco euros veinte.

Das macht fünf Euro zwanzig.

Aquí tienes.

Hier, bitte.

GUT ZU WISSEN!

! Traditionell haben Supermärkte und andere Lebensmittelgeschäfte in Spanien vormittags von 9.00 bis 14.00 Uhr und nachmittags bzw. abends von 17.00 bis 20.30 Uhr geöffnet und sind während der Mittagspause, am Samstagnachmittag und am Sonntag (ganztägig) geschlossen. Es gibt jedoch immer mehr Supermärkte, die nicht um die Mittagszeit schließen, sondern ununterbrochen von 9.00 bis 21.00 Uhr geöffnet haben. Auch die Tante-Emma-Läden haben in der Regel sehr lange Öffnungszeiten.

! Ein weiterer Unterschied ist, dass Metzger und Fischhändler Ihnen Fleisch und Fisch so vorbereiten, wie Sie es wünschen. Wenn Sie zum Beispiel ein Huhn kaufen, können Sie es zerkleinern lassen, und wenn Sie einen Fisch kaufen, können Sie ihn so vorbereiten lassen, dass er fertig für den Backofen oder den Grill ist.

! Obst und Gemüse sind sehr preiswert, vor allem wenn sie aus der Region stammen. Daher ist es nicht üblich, stückweise zu kaufen, sondern kiloweise. Am Obststand würde man Sie wahrscheinlich komisch anschauen, wenn Sie ihn nach einem Apfel oder einer Gurke fragen.

AUFGEPASST:
Falsche Freunde!

Auf Spanisch ist der **cartón** das Material (*Pappe*). Wenn Sie von einem Karton sprechen möchten, müssen Sie **caja de cartón** sagen.
Vielleicht werden Sie überrascht sein, dass es im Supermarkt ein Regal mit **café**, **té e infusiones** gibt. Sie ahnen es schon: Sie finden in diesem Bereich natürlich keinen Krankenhausbedarf. Dafür gibt es eine einfache Erklärung: **té** bezieht sich immer auf die Blätter der beliebten asiatischen Pflanze: *schwarzer Tee*, *grüner Tee*, *roter Tee* ... Handelt es sich um andere Blätter oder *Kräuter* (Limette, Kamille usw.), spricht man von **infusión**.

ETAPPEN**SIEG!**

Wir haben bereits alles, was wir brauchen, um den Kühlschrank zu füllen, aber der Mensch lebt nicht vom Brot allein. Wie wäre es, wenn wir das Essen mal beiseite lassen und eine Runde shoppen gehen?
Bereiten Sie die Taschen und den Geldbeutel vor, es geht los.

07

Auf **Shoppingtour**

Spanien bietet viele Einkaufsmöglichkeiten.

Es ist dort zwar nicht mehr so günstig wie früher, aber im Vergleich zu Deutschland, Österreich und der Schweiz sind die Preise bei der überwiegenden Mehrheit der Produkte immer noch deutlich niedriger.

In diesem Kapitel zeigen wir Ihnen Vokabeln und Ausdrücke, die Sie in Geschäften und Märkten gut gebrauchen können – damit Sie mit vielen tollen Dingen nach Hause kommen.

TIENDAS

TIENDAS		Geschäfte
el bazar	[baˈθar]	das Warenhaus
el centro comercial	[ˈθen̪tro komerˈθjal]	das Einkaufszentrum
el estanco	[esˈtaŋko]	der Tabakhändler
el mercadillo	[merkaˈðiɟo]	der Flohmarkt, der Straßenmarkt
el quiosco	[ˈkjosko]	der Kiosk
la tienda de recuerdos	[ˈtjen̪da ðe rreˈkwerðos]	der Souvenirladen
la tienda de telefonía	[ˈtjen̪da ðe telefoˈnia]	der Telefonshop
la zapatería	[θapateˈria]	das Schuhgeschäft

ROPA Y COMPLEMENTOS

ROPA Y COMPLEMENTOS		Kleidung und Accessoires
la bisutería	[bisuteˈria]	der Modeschmuck
el conjunto	[koŋˈxun̪to]	das Outfit
de entretiempo	[de en̪treˈtjempo]	Übergangs-
de invierno	[de imˈbjerno]	Winter-
de verano	[de βeˈrano]	Sommer-
de manga corta	[de ˈmaŋga ˈkorta]	kurzärmelig
de manga larga	[de ˈmaŋga ˈlarɣa]	langärmelig
el estilo	[esˈtilo]	der Stil
la marca	[ˈmarka]	die Marke
premamá	[premaˈma]	Umstands-, Schwangerschafts-
el probador	[proβaˈðor]	die Umkleidekabine
la ropa interior	[ˈrropa in̪teˈrjor]	die Unterwäsche
la sección de ropa de caballero/señora/niño	[seˠˈθjon̪ de ˈrropa ðe kaβaˈɟero/seˈɲora /ˈniɲo]	die Abteilung für Herren-/ Damen-/Kinderbekleidung
la talla	[ˈtaɟa]	die Größe

CALZADO

		Schuhe
las botas	[ˈbotas]	die Stiefel
las chanclas	[ˈʧaŋklas]	die Flipflops®
los cordones	[korˈðones]	die Schnürsenkel
las deportivas	[deporˈtiβas]	die Sportschuhe
la hebilla	[eˈβiɟa]	die Schnalle
el número	[ˈnumero]	die Größe
el par	[par]	das Paar
las sandalias	[san̪ˈdaljas]	die Sandalen
el tacón	[taˈkon]	der Absatz
el velcro	[ˈbelkro]	der Klettverschluss
las zapatillas (de casa)	[θapaˈtiɟas (ðe ˈkasa)]	die Hausschuhe

ARTÍCULOS DE PLAYA

		Strandartikel
el aftersun	[afterˈsun]	die After-Sun-Lotion
el bañador	[baɲaˈðor]	der Badeanzug; die Badehose
el bikini	[biˈkini]	der Bikini
la crema bronceadora	[ˈkrema βron̪θeaˈðora]	die Bräunungscreme
la esterilla	[esteˈriɟa]	die Strandmatte
la nevera portátil	[neˈβera porˈtatil]	die Kühlbox
la silla de playa	[ˈsiɟa ðe ˈplaɟa]	der Liegestuhl
la sombrilla	[somˈbriɟa]	der Sonnenschirm
la toalla de playa	[toˈaɟa ðe ˈplaɟa]	das Strandtuch
la tumbona	[tumˈbona]	die Strandliege

ROPA

		Bekleidung
¿Tiene este vestido también en otros colores?	[¿ˈtjene ˈeste βesˈtiðo tamˈbjen en ˈotros koˈlores?]	Haben Sie dieses Kleid auch in anderen Farben?
Busco algo moderno y juvenil.	[ˈbusko ˈalɣo moˈðerno i xuβeˈnil]	Ich suche etwas Modernes und Jugendliches.
Me gustaría algo más clásico.	[me ɣustaˈria ˈalɣo mas ˈklasiko]	Ich hätte gerne etwas Klassischeres.
Esta blusa es muy bonita, ¿me la puedo probar?	[ˈesta ˈβlusa es mwi βoˈnita, ¿me la ˈpweðo proˈβar?]	Diese Bluse ist sehr schön, kann ich sie anprobieren?
Me gustan estos pantalones, ¿me los puedo probar?	[me ˈɣustan ˈestos pan̪taˈlones, ¿me los ˈpweðo proˈβar?]	Diese Hose gefällt mir, kann ich sie anprobieren?
¿Dónde están los probadores?	[¿ˈdon̪de esˈtan los proβaˈðores?]	Wo sind die Umkleidekabinen?
Estos vaqueros me quedan demasiado largos. ¿Hacen arreglos?	[ˈestos βaˈkeros me ˈkeðan̪ demaˈsjaðo ˈlarɣos. ¿ˈaθen aˈrreɣlos?]	Diese Jeans ist mir zu lang. Kann ich sie bei Ihnen ändern lassen?
La falda me queda muy corta. ¿Tiene otros modelos del mismo estilo, pero no tan cortos?	[la ˈfal̪da me ˈkeða mwi ˈkorta, ¿ˈtjene ˈotros moˈðelos ðel ˈmismo esˈtilo, ˈpero no tan ˈkortos?]	Der Rock ist mir zu kurz. Haben Sie andere Modelle im gleichen Stil, aber nicht so kurz?
La talla S me queda estrecha, ¿podría traerme la M?	[la ˈtaʝa ˈese me ˈkeða esˈtreʧa, ¿poˈðria traˈerme la ˈeme?]	Größe S ist mir zu eng, könnten Sie mir M bringen?
La XL me queda grande, ¿me trae la L?	[la ˈekis ˈele me ˈkeða ˈɣran̪de, ¿me ˈtrae la ˈele?]	XL ist mir zu groß, bringen Sie mir L?
Me lo llevo. ¿Dónde están las cajas?	[me lo ˈʝeβo. ¿ˈdon̪de esˈtan las ˈkaxas?]	Ich nehme das hier. Wo ist die Kasse?

No me convence, ¿dónde lo dejo?	[no me komˈbeṇˈθe, ¿ˈðoṇde lo ˈðexo?]	Es war nichts für mich, wohin kann ich es legen/hängen?
Son para mi pareja. ¿Puedo descambiarlos si no le están bien?	[som ˈpara mi paˈrexa. ¿ˈpweðo ðeskamˈbjarlos si no le esˈtam bjen?]	Sie sind für meinen Partner / meine Partnerin. Kann ich sie umtauschen, falls sie nicht passen?

CALZADO

Schuhe

Necesito unos zapatos elegantes para ir a una boda.	[neθeˈsiˈto ˈunos θaˈpatos eleˈɣaṇtes ˈpara ir a ˈuna ˈβoða]	Ich brauche elegante Schuhe für eine Hochzeit.
Estoy buscando unas sandalias cómodas.	[esˈtoi̯ βusˈkaṇdo unas saṇˈdaljas ˈkomoðas]	Ich suche bequeme Sandalen.
Quería comprarles unas chanclas a los niños.	[keˈria komˈprarles ˈunas ˈʧaŋklas a los ˈniɲos]	Ich möchte Flipflops für die Kinder kaufen.
Tengo (o calzo) un 41.	[ˈteŋgo (o ˈkal̥θo) uŋ kwaˈreṇta i ˈuno]	Ich habe Größe 41.
Me aprietan un poco. ¿Me puede traer un 42?	[me aˈprjetan um ˈpoko. ¿me ˈpweðe traˈer uŋ kwaˈreṇta i ðos?]	Sie drücken ein wenig. Könnten Sie sie mir in 42 bringen?
Me quedan un poco grandes. ¿Me trae un 40?	[me ˈkeðan um ˈpoko ˈɣraṇdes. ¿me ˈtrae uŋ kwaˈreṇta?]	Ich sind ein bisschen zu groß. Bringen Sie sie mir in 40?
¿Dónde hay un espejo?	[¿ˈdoṇde ai̯ un esˈpexo?]	Wo ist ein Spiegel?
Me gustan tanto, que me los voy a llevar puestos.	[me ˈɣustaṇ ˈtaṇto, ke me los βoi̯ a ɟeˈβar ˈpwestos]	Sie gefallen mir so gut, dass ich sie anbehalten möchte.

TELEFONÍA Y ELECTRÓNICA

Telefonie und Elektronik

Busco un móvil de segunda mano, que tenga una buena cámara, 5G y memoria interna.	[ˈbusko um ˈmoβil̥ de seˈɣun̪da ˈmano, ke ˈteŋga ˈuna ˈβwena ˈkamara, ˈθiŋko xe i meˈmorja in̪ˈterna]	Ich suche ein gebrauchtes Handy mit guter Kamera, 5G und internem Speicher.
¿Tienes protectores/fundas para móviles de este modelo?	[¿ˈtjenes protekˈtores/ˈfun̪das ˈpara ˈmoβiles ðe ˈeste moˈðelo?]	Haben Sie Handy-Schutzhüllen für dieses Modell?
Me hace falta un cargador para el teléfono.	[me ˈaθe ˈfal̪ta uŋ karɣaˈðor ˈpara el teˈlefono]	Ich brauche ein Ladegerät für mein Handy.
Necesito una tarjeta SIM para navegar por internet.	[neθeˈsito ˈuna tarˈxeta sim ˈpara naβeˈɣar por in̪terˈnet]	Ich brauche eine SIM-Karte, um im Internet zu surfen.
¿Qué precios tienen las cámaras sumergibles?	[¿ke ˈpreθjos ˈtjenen las ˈkamaras sumerˈxiβles?]	Was kosten die wasserdichten Kameras?
¿Incluye la tarjeta de memoria?	[¿iŋˈkluɟe la tarˈxeta ðe meˈmorja?]	Ist eine Speicherkarte dabei?
¿Este altavoz funciona por Bluetooth? ¿Y estos auriculares?	[¿ˈeste al̪taˈβoθ fun̪ˈθjona por ˈβlutuθ? ¿i ˈestos au̯rikuˈlares?]	Funktioniert dieser Lautsprecher über Bluetooth? Und diese Kopfhörer?
¿Tiene garantía?	[¿ˈtjene ɣaran̪ˈtia?]	Hat es eine Garantie?
¿Es compatible con eSIM?	[¿es kompaˈtiβle kon ˈesim?]	Ist es mit eSIM kompatibel?
¿Graba en Ultra HD?	[¿ˈgraβa en ˈul̪tra aʧeˈðe?]	Kann es in Ultra HD aufnehmen?

REGALOS Y RECUERDOS

		Geschenke und Souvenirs
Busco algo típico de la región.	['busko 'alɣo 'tipiko ðe la rre'xion]	Ich suche etwas Typisches aus der Region.
Me gusta ese plato de cerámica, pero parece frágil. ¿Se podría envolver bien para llevarlo en la maleta?	[me 'ɣusta 'ese 'plato ðe θe'ramika, 'pero pa'reθe 'fraxil. ¿se po'ðria embol'βer βjen 'para ɟe'βarlo en la ma'leta?]	Mir gefällt dieses Keramikgeschirr, aber es wirkt so zerbrechlich. Könnten Sie es gut einpacken, sodass ich es in den Koffer packen kann?
Cóbreme el imán y el cenicero. ¿Me los puede envolver para regalo?	['koβreme el i'man i el̩ θeni'θero. ¿me los 'pweðe embol'βer 'para rre'ɣalo?]	Ich möchte den Magneten und den Aschenbecher bezahlen. Könnten Sie sie mir als Geschenk einpacken?
Me llevo estas dos postales y dos sellos para Alemania.	[me 'ɟeβo 'estas ðos pos'tales i ðos 'seɟos 'para ale'manja]	Ich nehme diese beiden Postkarten und hätte gern noch zwei Briefmarken für Deutschland.

JOYERÍA Y BISUTERÍA

		Schmuck und Modeschmuck
¿Puede enseñarme esos pendientes?	[¿'pweðe ense'ɲarme 'esos pen̪'djen̪tes?]	Könnten Sie mir diese Ohrringe zeigen?
¿Son de oro?	[¿son̪ de 'oro?]	Sind sie aus Gold?
Es un collar precioso. ¿Tiene también la pulsera a juego?	[es uŋ ko'ɟar pre'θjoso. ¿'tjene tam'bjen la pul'sera a 'xweɣo?]	Das ist eine wunderschöne Halskette. Haben Sie auch ein passendes Armband?
¿Cuánto cuesta la tobillera de plata?	[¿'kwan̪to 'kwesta la toβi'ɟera ðe 'plata?]	Wie viel kostet das silberne Fußkettchen?
Busco algo más económico.	['busko 'alɣo mas eko'nomiko]	Ich suche etwas Preiswerteres.

EN LA BOUTIQUE 1

In der Boutique

Hola, me gustaría probarme los vaqueros del escaparate.

Hallo, ich würde gern die Jeans aus dem Schaufenster anprobieren.

¿Cuáles, los azules elásticos, o los negros por debajo de la rodilla?

Welche, die blaue Stretchjeans oder die schwarze, die unter den Knien endet?

Los azules.

Die Blaue.

Muy bien, ¿qué talla te saco?

Sehr gut, welche Größe
soll ich dir bringen?

No sé si me vendrá mejor la 40 o la 42.

Ich weiß nicht, ob mir 40 oder 42 besser passt.

Pues aquí tienes las dos.
Los probadores están ahí a la izquierda.

Nun, hier hast du beide.
Die Umkleidekabinen sind dort drüben
auf der linken Seite.

Gracias.

Danke schön.

EN LA BOUTIQUE 2

In der Boutique

¿Qué tal te quedan?

Und, wie passen sie?

La talla 40 me queda perfecta.

Größe 40 passt mir perfekt.

¿A ver?
¡Uy, cómo te favorecen!

Darf ich mal sehen?
Oh, die steht dir super!

Pues creo que me los voy a llevar. ¿Qué precio tienen?

Nun, ich glaube, ich nehme sie. Wie viel kostet sie?

Esos valen 89 €.

Diese hier kostet 89 €.

¡Qué barbaridad! No pensé que serían tan caros.

Wahnisnn! Ich hätte nicht gedacht, dass sie so teuer ist.

Es que son de marca. Mira, tengo un modelo muy parecido que cuesta la mitad.

Das ist ein Markenprodukt. Schau, ich habe ein ganz ähnliches Modell, das nur halb so viel kostet.

Anda, si son casi iguales. Me llevo los baratos entonces.

Super, die ist fast gleich! Dann nehme ich die billige.

Muchas gracias por tu compra.

Vielen Dank für deinen Einkauf.

GUT ZU WISSEN!

! Vielleicht möchten Sie Ihrer Familie oder lieben Menschen eine Postkarte schicken. Obwohl in einigen Kiosken für Touristen Briefmarken verkauft werden, ist dies nicht besonders üblich. Aber keine Sorge, Sie können Briefmarken in jedem Tabakladen kaufen (und natürlich bei der Post). Im Tabakladen erhalten Sie auch Briefumschläge in verschiedenen Größen, und man kann Ihnen meist auch sagen, wo sich der nächste Briefkasten befindet.

! Achtung bei den Ladenöffnungszeiten! Mit Ausnahme von Einkaufszentren, großen internationalen Ketten und sehr touristischen Einkaufszonen sind die Geschäfte in Spanien nicht durchgehend geöffnet, d.h. sie schließen zur Mittagszeit und öffnen nach der Siesta wieder. Außerdem variieren die Öffnungszeiten der Geschäfte je nach Jahreszeit.

Typische Öffnungszeiten für Frühjahr und Sommer:
montags bis freitags von 10 bis 14 Uhr und von 17:30 bis 21 Uhr
samstags von 10 bis 14 Uhr
an Sonn- und gesetzlichen Feiertagen geschlossen

Typische Öffnungszeiten für Herbst und Winter:
montags bis freitags von 9:30 bis 13:30 Uhr und
von 17:00 bis 20:30 Uhr
samstags von 9:30 bis 13:30 Uhr
an Sonn- und gesetzlichen Feiertagen geschlossen

AUFGEPASST: *Falsche Freunde!*

Wenn Sie Schuhe anprobieren möchten und nach **el número** gefragt werden, bezieht sich die Frage nicht darauf, ob Sie nur einen Schuh oder zwei anprobieren möchten: Was man von Ihnen wissen will, ist schlicht und einfach Ihre *Schuhgröße*.

In Spanien ist ein **bazar** ein *Geschäft*, in dem ganz unterschiedliche Produkte verkauft werden, im Allgemeinen zu sehr günstigen Preisen. In der Regel gibt es dort alle Arten von Haushaltsgegenständen sowie elektronische Geräte, Kleidung und Schuhe.

ETAPPEN**SIEG!**

Sie hatten nun die Möglichkeit, alle Arten von Produkten zu erwerben und dabei mit dem Verkaufspersonal auf Spanisch zu sprechen. Im nächsten Kapitel werden wir uns mit weiteren Dienstleistungen beschäftigen.

08

Auf alles **gut vorbereitet!**

Während Ihres Aufenthalts werden Sie wahrscheinlich verschiedene Dienstleistungen in Anspruch nehmen, zum Beispiel bei der Bank oder im Waschsalon.

Sie können natürlich auch die Gelegenheit nutzen und beim Friseur Ihren Look verändern lassen. Auf dem Weg dorthin brauchen Sie vielleicht ein Taxi, eventuell wollen Sie auch einmal ein Auto mieten.

In diesem Kapitel helfen wir Ihnen bei all diesen Dingen.

ASUNTOS ECONÓMICOS

ASUNTOS ECONÓMICOS		Wirtschaftliche Angelegenheiten
la caja de ahorros	[ˈkaxa ðe aˈorros]	die Sparkasse
el cajero automático	[kaˈxero au̯toˈmatiko]	der Geldautomat
la comisión	[komiˈsjon]	die Provision
el comprobante	[komproˈβan̪te]	der Beleg
la cuenta corriente	[ˈkwen̪ta koˈrrjen̪te]	das Girokonto
el ingreso	[iŋˈgreso]	die Einzahlung
la oficina de cambio	[ofiˈθina ðe ˈkambjo]	die Wechselstube
la retirada de efectivo	[rretiˈraða ðe efekˈtiβo]	die Barabhebung
el saldo disponible	[ˈsal̪do ðispoˈniβle]	das verfügbare Guthaben
la sucursal	[sukurˈsal]	die Filiale
la tarjeta de crédito	[tarˈxeta ðe ˈkreðito]	die Kreditkarte
la tarjeta de débito	[tarˈxeta ðe ˈðeβito]	die EC-Karte
el/la titular de la cuenta	[tituˈlar ðe la ˈkwen̪ta]	der Kontoinhaber / die Kontoinhaberin
la transferencia bancaria	[transfeˈren̪θja βaŋˈkarja]	die Banküberweisung

ASUNTOS LEGALES

ASUNTOS LEGALES		Rechtliche Angelegenheiten
el/la agente (de policía)	[aˈxen̪te (ðe poliˈθia)]	der Polizeibeamte / die Polizeibeamtin
el atraco	[aˈtrako]	der Überfall
el/la carterista	[karteˈrista]	der Taschendieb / die Taschendiebin
la comisaría (de policía)	[komisaˈria (ðe poliˈθia)]	die Polizeiwache
la denuncia	[deˈnun̪θja]	die (Straf)anzeige
la estafa	[esˈtafa]	der Betrug
la multa	[ˈmul̪ta]	die Geldstrafe
el robo	[ˈrroβo]	der Raub

ESTACIONES DE SERVICIO

Tankstellen

el autolavado	[au̯tola'βaðo]	die Autowäsche
el autoservicio	[au̯toser'βiθjo]	die Selbstbedienung
el depósito (o tanque)	[de'posito (o 'taŋke)]	der Tank
la estación de carga	[esta'θjon̪ de 'karɣa]	die Ladestation, die Ladesäule
el gasóleo (o gasoil)	[ga'soleo (o ga'soi̯l)]	der Diesel
la gasolina	[gaso'lina]	das Benzin

LAVANDERÍAS Y TINTORERÍAS

Wäschereien und chemische Reinigungen

la colada	[ko'laða]	die Wäsche
el detergente	[deter'xen̪te]	das Waschmittel
el lavado en seco	[la'βaðo en 'seko]	die chemische Reinigung
el suavizante	[swaβi'θan̪te]	der Weichspüler
el tinte	['tin̪te]	die Färbung

PELUQUERÍA Y ESTÉTICA

Friseur und Schönheit

el afeitado	[afei̯'taðo]	die Rasur
el corte	['korte]	der Schnitt
el flequillo	[fle'kiɟo]	der Pony
el lavado	[la'βaðo]	das Waschen
el maquillaje	[maki'ɟaxe]	das Make-up
las mechas	['metʃas]	die Strähnen
la permanente	[perma'nen̪te]	die Dauerwelle
el peinado	[pei̯'naðo]	die Frisur

EN EL BANCO

		Bei der Bank
Quiero cambiar francos suizos a euros.	[ˈkjero kamˈbjar ˈfraŋkos ˈswiθos a ˈeu̯ros]	Ich möchte Schweizer Franken in Euro umtauschen.
¿Cómo está el cambio?	[¿ˈkomo esˈta el ˈkambjo?]	Wie ist der Wechselkurs?
¿Cobran comisión?	[¿ˈkoβraŋ komiˈsjon?]	Erheben Sie eine Provision?
El cajero automático no funciona.	[el kaˈxero au̯toˈmatiko no fuṇˈθjona]	Der Geldautomat funktioniert nicht.
El cajero automático no me acepta la tarjeta.	[el kaˈxero au̯toˈmatiko no me aˈθepta la tarˈxeta]	Der Geldautomat nimmt meine Karte nicht.
El cajero se ha tragado mi tarjeta.	[el kaˈxero se a traˈɣaðo mi tarˈxeta]	Der Geldautomat hat meine Karte eingezogen.
Me gustaría sacar 300 € de mi cuenta.	[me ɣustaˈria saˈkar tresˈθjeṇtos ˈeu̯ros ðe mi ˈkweṇta]	Ich möchte 300 € von meinem Konto abheben.
Querría ingresar 90 € en mi cuenta.	[ˈkeˈrria iŋgreˈsar noˈβeṇta ˈeu̯ros em mi ˈkweṇta]	Ich möchte 90 € auf mein Konto einzahlen.
Quiero hacer una transferencia de 55 €, aquí está el número de cuenta del beneficiario.	[ˈkjero aˈθer ˈuna transfeˈreṇθja ðe θiŋˈkweṇta i ˈθiŋko ˈeu̯ros, aˈki esˈta el ˈnumero ðe ˈkweṇta ðel βenefiˈθjarjo]	Ich möchte eine Überweisung von 55 € tätigen, hier ist die Kontonummer des Empfängers.
Quisiera pagar este recibo.	[kiˈsjera paˈɣar ˈeste rreˈθiβo]	Ich möchte diese Rechnung bezahlen.

EN COMISARÍA

Auf der Polizeiwache

Quiero poner una denuncia.	[ˈkjero poˈner ˈuna deˈnuṇθja]	Ich möchte eine Anzeige erstatten.
Me han robado la cartera en el metro.	[me an rroˈβaðo la karˈtera en el ˈmetro]	Meine Brieftasche wurde in der U-Bahn gestohlen.
Me han abierto el coche y se han llevado varias cosas.	[me an aˈβjerto el ˈkoʧe i se an ɟeˈβaðo ˈβarjas ˈkosas]	Man hat mir das Auto aufgebrochen und mehrere Sachen mitgenommen.
Me han sacado una navaja y he tenido que darles el móvil y el dinero.	[me an saˈkaðo ˈuna naˈβaxa i e teˈniðo ke ˈðarles el ˈmoβil i el ðiˈnero]	Sie haben mich mit einem Messer bedroht, und ich musste ihnen mein Handy und das Geld geben.
Quiero denunciar un intento de violación.	[ˈkjero ðenuṇˈθjar un iṇˈteṇto ðe βjolaˈθjon]	Ich möchte eine versuchte Vergewaltigung melden.
Agente, le juro que las drogas no eran mías.	[aˈxeṇte, le ˈxuro ke las ˈðroɣas no ˈeram ˈmias]	Herr Polizist, ich schwöre, die Drogen gehörten nicht mir.
No sabía que era ilegal.	[no saˈβia ke ˈera ileˈɣal]	Ich wusste nicht, dass es illegal ist.
Quiero solicitar un abogado de oficio.	[ˈkjero soliθiˈtar un aβoˈɣaðo ðe oˈfiθjo]	Ich möchte einen Pflichtverteidiger bestellen.

EN LA GASOLINERA

An der Tankstelle

20 € de gasolina 98, por favor.	[ˈbei̯n̪te ˈeu̯ros ðe ɣasoˈlina noˈβen̪ta i ˈotʃo, por faˈβor]	20 € Super Plus, bitte.
10 l de gasoil, por favor.	[djeθ ˈlitros ðe ɣaˈsoi̯l, por faˈβor]	10 l Diesel, bitte.
Lleno, por favor.	[ˈɟeno, por faˈβor]	Voll, bitte.
¿Espero a que me atiendan, o es autoservicio?	[¿esˈpero a ke me aˈtjen̪dan, o es au̯toserˈβiθjo?]	Soll ich darauf warten, bedient zu werden, oder ist hier Selbstbedienung?
¿Hay que comprar una ficha para el tren de lavado?	[¿ai̯ ke komˈprar ˈuna ˈfitʃa ˈpara el tren̪ de laˈβaðo?]	Muss ich eine Marke für die Autowäsche kaufen?

EN LA LAVANDERÍA/TINTORERÍA

In der Wäscherei/ Reinigung

¿Cómo funcionan las lavadoras?	[¿ˈkomo fun̪ˈθjonan las laβaˈðoras?]	Wie funktionieren die Waschmaschinen?
¿Hace falta añadir detergente?	[¿ˈaθe ˈfal̪ta aɲaˈðir ðeterˈxen̪te?]	Ist es notwendig, Waschmittel hinzuzufügen?
¿Hay alguna secadora libre?	[¿ai̯ alˈɣuna sekaˈðora ˈliβre?]	Gibt es einen kostenlosen Trockner?
Me gustaría lavar en seco esta chaqueta.	[me ɣustaˈria laˈβar en ˈseko ˈesta tʃaˈketa]	Ich möchte diese Jacke reinigen lassen.
Tiene una mancha de vino.	[ˈtjene ˈuna ˈmantʃa ðe ˈβino]	Sie hat einen Weinfleck.
Necesito el vestido lavado y planchado para el viernes.	[neθeˈsito el βesˈtiðo laˈβaðo i planˈtʃaðo ˈpara el ˈβjernes]	Ich brauche das Kleid gewaschen und gebügelt bis Freitag.
¿Cuándo estará listo?	[ˈkwan̪do estaˈra ˈlisto?]	Wann wird es fertig sein?

EN LA PELUQUERÍA

Beim Friseur

Lavar y peinar para una boda, por favor.	[la'βar i pei̯'nar 'para 'una 'βoða, por fa'βor]	Waschen und frisieren für eine Hochzeit, bitte.
Cortar y rizar/alisar, por favor.	[kor'tar i rri'θar/ali'sar, por fa'βor]	Schneiden und locken/glätten, bitte.
Muy corto, por favor.	[mwi 'korto, por fa'βor]	Sehr kurz, bitte.
Me gustaría un corte parecido al de esta foto.	[me ɣusta'ria uŋ 'korte pare'θiðo al̪ de 'esta 'foto]	Ich hätte gerne einen ähnlichen Schnitt wie auf diesem Foto.
Que (no) me cubra las orejas.	[ke (no) me 'kuβra las o'rexas]	Meine Ohren sollten (nicht) bedeckt sein.
Póngame un tinte rojo oscuro que me cubra las canas.	['poŋgame un̪ 'tin̪te 'rroxo os'kuro ke me 'kuβra las 'kanas]	Nehmen Sie einen dunkelroten Farbton, der meine grauen Haare abdeckt.
Recórteme solo las puntas y el flequillo.	[re'korteme 'solo las 'pun̪tas i el fle'kiɟo]	Schneiden Sie mir nur die Spitzen und den Pony.
Córteme un poquito más por detrás, por favor.	['korteme um po'kito mas por ðe'tras, por fa'βor]	Schneiden Sie bitte hinten noch ein wenig mehr ab.
Muchas gracias. Así está muy bien.	['mutʃas 'graθjas. a'si es'ta mwi βjen]	Vielen Dank. So ist es sehr gut.

EN EL BANCO

Auf der Bank

¡Oiga!
Necesito ayuda con el cajero automático.

Entschuldigen Sie!
Ich brauche Hilfe mit dem Geldautomaten.

¿Cuál es el problema?

Wo liegt das Problem?

Intentaba sacar dinero y el cajero se ha tragado mi tarjeta.

Ich habe versucht, Geld abzuheben, und der Geldautomat hat meine Karte eingezogen.

¿La tarjeta estaba anulada o caducada?

Wurde die Karte gesperrt oder ist sie abgelaufen?

¡Claro que no!
Seguro que el cajero está estropeado.

Nein, natürlich nicht!
Sicher ist der Geldautomat nicht in Ordnung.

Voy a comprobarlo.
Ahora vuelvo.

Ich werde es überprüfen.
Ich bin gleich zurück.

ALQUILER DE VEHÍCULOS

Fahrzeugvermietung

*Hola.
Nos gustaría alquilar un coche para el fin de semana.*

Hallo.
Wir möchten für das Wochenende ein Auto mieten.

¿Qué tipo de vehículo les interesa?

An welchen Fahrzeugtyp dachten Sie?

Un todoterreno.

An einen Geländewagen.

Para este fin de semana tenemos disponibles estos dos modelos.

Für dieses Wochenende haben wir diese beiden Modelle zur Verfügung.

¿Cuál consume menos de los dos?

Welcher der beiden verbraucht weniger?

Este es más ligero y consume notablemente menos.

Dieser ist leichter und verbraucht deutlich weniger.

Entonces vamos a reservar ese, con seguro a todo riesgo.

Dann werden wir diesen buchen, mit Vollkaskoversicherung.

Muy bien, necesito su carné de conducir y una firma en el contrato de alquiler.

Sehr gut, ich brauche Ihren Führerschein und eine Unterschrift auf dem Mietvertrag.

GUT ZU WISSEN!

! In Spanien war Diesel früher deutlich billiger als Benzin, heute ist der Preisunterschied nur noch minimal. Im Allgemeinen bieten Tankstellen Benzin mit einer Oktanzahl von 95 und 98 an.

! An allen spanischen Flughäfen gibt es die Möglichkeit einen Wagen zu mieten. Dies ist die bequemste Möglichkeit während Ihres Aufenthalts das Land flexibel zu bereisen. Es gibt jedoch eine viel billigere und weniger bekannte Möglichkeit: Es gibt Mitfahrzentralen, die neben der Vermittlung von Mitfahrgelegenheiten auch Autovermietungen zwischen Einzelpersonen organisieren (natürlich mit Vollversicherung und legalem Mietvertrag).

! Obwohl Spanien nicht mehr so billig ist wie früher, sind einige Produkte und Dienstleistungen immer noch deutlich günstiger als im deutschsprachigen Raum. Ein Beispiel dafür sind Friseursalons. Eine Veränderung Ihres Aussehens während Ihres Aufenthaltes in Spanien wird Sie wahrscheinlich nur halb so viel kosten wie in Ihrem eigenen Land – nutzen Sie diese Gelegenheit! Übrigens, wussten Sie, dass Damenfriseure oft auch Gesichts- und Körperhaarentfernung anbieten?

AUFGEPASST:
Falsche Freunde!

Im Spanischen wird *Karte* normalerweise mit **tarjeta** übersetzt, während **carta** *Brief* bedeutet. Es ist also wichtig, sich klar auszudrücken, um Missverständnisse zu vermeiden.
Ein recht witziger falscher Freund ist das Wort **bigote**, das beim Menschen *Schnurrbart* bzw. beim Tier *Schnurrhaar* bedeutet.

ETAPPEN**SIEG!**

Wir hoffen, dass Sie eine eiserne Gesundheit haben, um Ihren Aufenthalt genießen zu können, aber für den Fall, dass Sie doch einmal einen Unfall oder ein gesundheitliches Problem haben, sind wir im nächsten Kapitel für Sie da.

09

Autsch!
Gesundheit
und Erste Hilfe

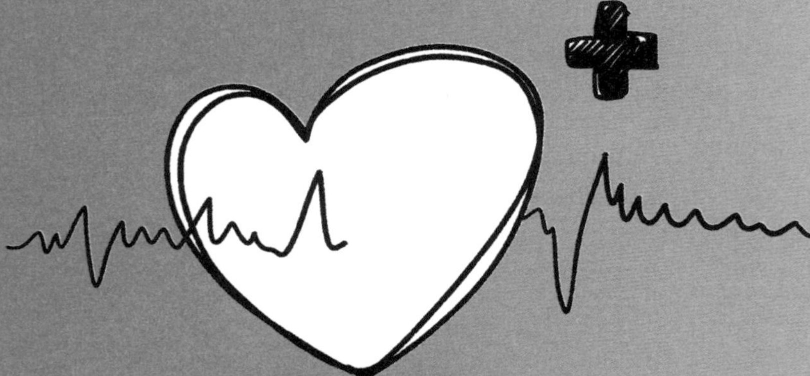

Haben Sie ein Problem und müssen in die Notaufnahme oder zum Zahnarzt? Brauchen Sie etwas aus der Apotheke oder vom Optiker?

Keine Sorge, wir sind hier, um Ihnen zu helfen! In diesem Kapitel lernen Sie wichtige Begriffe und Redewendungen, die Ihnen in gesundheitlichen Notlagen weiterhelfen. So sind Sie bestens vorbereitet, wenn es darauf ankommt, Ihr Anliegen verständlich zu machen.

EN LA FARMACIA

EN LA FARMACIA		In der Apotheke
el analgésico	[anal'xesiko]	das Schmerzmittel
el antibiótico	[an̪ti'βjotiko]	das Antibiotikum
el calmante	[kal'man̪te]	das Beruhigungsmittel
el colirio	[ko'lirjo]	die Augentropfen
la crema (o pomada) para las picaduras	['krema (o po'maða) 'para las pika'ðuras]	die Creme (oder Salbe) gegen Insektenstiche
la crema (o pomada) para las quemaduras	['krema (o po'maða) 'para las kema'ðuras]	die Creme (oder Salbe) gegen Verbrennungen
el desinfectante	[desiɱfek'tan̪te]	das Desinfektionsmittel
el esparadrapo	[espara'ðrapo]	das Heftpflaster
el jarabe para el dolor de garganta	[xa'raβe 'para el̪ do'lor ðe ɣar'ɣan̪ta]	der Sirup gegen Halsschmerzen
el jarabe para la tos	[xa'raβe 'para la tos]	der Hustensaft
el laxante	[laˠ'san̪te]	das Abführmittel
la medicina (o el medicamento)	[meði'θina (o meðika'men̪to]	die Medizin (oder das Medikament)
la pastilla del día después	[pas'tiɟa ðel̪ 'dia ðes'pwes]	die Pille danach
las pastillas para el mareo	[pas'tiɟas para el ma'reo]	die Tabletten gegen Reisekrankheit
la píldora anticonceptiva	['pil̪dora an̪tikon̪θep'tiβa]	die Antibabypille
los preservativos (o condones)	[preserβa'tiβos (o kon̪'dones)]	die Präservative (oder Kondome)
la receta médica	[rre'θeta 'meðika]	das ärztliche Rezept
el supositorio	[suposi'torjo]	das Zäpfchen
la tirita	[ti'rita]	das Pflaster

EN LA ÓPTICA

Beim Optiker

los cristales	[kris'tales]	die Brillengläser
la dioptría	[djop'tria]	die Dioptrie
las gafas	['gafas]	die Brille
las gafas de sol (graduadas)	['gafas ðe sol (ɣraðu'aðas)]	die Sonnenbrille (Korrekturbrille)
las lentillas	[len̪'tiɟas]	die Kontaktlinsen
el líquido para lentillas	['likiðo 'para len̪'tiɟas]	das Kontaktlinsenmittel
la montura	[mon̪'tura]	die Fassung, das Gestell
la patilla	[pa'tiɟa]	der (Brillen)bügel

EN EL DENTISTA

Beim Zahnarzt

la caries	['karjes]	die Karies
el dolor de muelas	[do'lor ðe 'mwelas]	die Zahnschmerzen
el empaste	[em'paste]	die Füllung
la encía	[en̪'θia]	das Zahnfleisch
la endodoncia	[en̪do'ðon̪θja]	die Wurzelbehandlung
la extracción	[estraˠ'θjon]	das Ziehen
la funda (o corona)	['fun̪da (o ko'rona)]	die Krone
la gingivitis	[xiŋxi'βitis]	die Zahnfleisch-entzündung
la mandíbula	[man̪'diβula]	der Kiefer
la muela del juicio	['mwela ðel 'xwiθjo]	der Weisheitszahn
la prótesis	['protesis]	die Prothese
el puente	['pwen̪te]	die Brücke
el sarro	['sarro]	der Zahnstein

EN LA FARMACIA

In der Apotheke

¿Hay alguna farmacia de guardia?	[¿ai̯ al'ɣuna far'maθja ðe 'ɣwarðja?]	Gibt es eine Apotheke mit Bereitschaftsdienst?
¿Me puede dar algo para el dolor de cabeza?	[¿me 'pweðe ðar 'alɣo 'para el̩ do'lor ðe ka'βeθa?]	Können Sie mir etwas gegen Kopfschmerzen geben?
Deme un medicamento genérico para la congestión nasal.	['deme um meðika'meṇto xe'neriko 'para la koŋxes'tjon na'sal]	Geben Sie mir ein Generikum gegen meine verstopfte Nase.
¿Necesito receta médica?	[¿neθe'sito re'θeta 'medika?]	Brauche ich ein Rezept?
Un paquete de doce preservativos, por favor.	[um pa'kete ðe 'ðoθe preserβa'tiβos, por fa'βor]	Bitte eine Packung mit zwölf Präservativen.
¿Tienen tiritas impermeables?	[¿'tjeneṇ ti'ritas imperme'aβles?]	Haben sie wasserfeste Pflaster?

EN EL DENTISTA

Beim Zahnarzt

Quería pedir cita para una revisión y una limpieza.	[ke'ria pe'ðir 'θita 'para 'una rreβi'sjon i 'una lim'pjeθa]	Ich bräuchte einen Termin für eine Untersuchung und eine Zahnreinigung.
Me duele (muchísimo) una muela.	[me 'ðwele (mu'ʧisimo) 'una 'mwela]	Ein Zahn tut mir (sehr) weh.
Tengo una muela picada.	['teŋgo 'una 'mwela pi'kaða]	Ich habe einen kariösen Zahn.
Me molesta una muela del juicio.	[me mo'lesta 'una 'mwela ðel 'xwiθjo]	Mir tut ein Weisheitszahn weh.
He perdido un empaste.	[e per'ðiðo un em'paste]	Ich habe eine Füllung verloren.
He tropezado y me he partido un diente.	[e trope'θaðo i me e par'tiðo uṇ 'djeṇte]	Ich bin gestolpert und dabei ist mir ein Zahn abgebrochen.

EN LA ÓPTICA

Beim Optiker

¿Pueden arreglarme esta montura?	[¿ˈpweðen arreˈɣlarme ˈesta moṇˈtura?]	Können Sie mir dieses Gestell reparieren?
Se ha partido una patilla.	[se a parˈtiðo ˈuna paˈtiʝa]	Ein Bügel ist durchgebrochen.
Se me ha roto un cristal.	[se me a ˈrroto uŋ krisˈtal]	Ein Brillenglas ist zerbrochen.
Ha perdido el tornillito.	[a perˈðiðo el̩ torniˈʝito]	Die kleine Schraube ist verloren gegangen.
¿Cuándo puedo recoger las gafas?	[¿ˈkwaṇdo ˈpweðo rrekoˈxer las ˈɣafas?]	Wann kann ich die Brille abholen?
Un bote de líquido para lentillas, por favor.	[um ˈbote ðe ˈlikiðo ˈpara leṇˈtiʝas, por faˈβor]	Eine Flasche Kontaktlinsenmittel, bitte.
¿Estas gafas de sol se pueden graduar?	[¿ˈestas ˈɣafas ðe sol se ˈpweðeŋ graðuˈar?]	Können bei dieser Sonnenbrille die Gläser angespasst werden?

EN URGENCIAS

In der Notaufnahme

Creo que me he roto el dedo. No puedo moverlo.	[ˈkreo ke me e ˈrroto el̪ deðo. no ˈpweðo moˈβerlo]	Ich glaube, ich habe mir den Finger gebrochen. Ich kann ihn nicht bewegen.
Llevo dos días con dolor de estómago, diarrea y vómitos.	[ˈɟeβo ðos ˈðias kon̪ doˈlor ðe esˈtomaɣo, djaˈrrea i ˈβomitos]	Ich habe seit zwei Tagen Bauchschmerzen, Durchfall und Erbrechen.
Me ha saltado aceite hirviendo y me he quemado la mano.	[me a sal̪ˈtaðo aˈθei̯te irˈβjen̪do i me e keˈmaðo la ˈmano]	Ich habe mir mit kochendem Öl die Hand verbrannt.
Me he caído de la bici y me he hecho daño en el cuello.	[me e caˈiðo ðe la ˈβiθi i me e ˈeʧo ðaɲo en el ˈkweɟo]	Ich bin vom Fahrrad gefallen und habe mir den Hals verletzt.
Me he caído y me he clavado un alambre oxidado.	[me e caˈiðo i me e klaˈβaðo un aˈlambre oˠsiˈðaðo]	Ich bin gefallen und habe mich an einem rostigen Draht gestochen.
Me he cortado con un cristal roto.	[me e korˈtaðo kon uŋ krisˈtal ˈrroto]	Ich habe mich an einer Glasscherbe geschnitten.
Me he dado un golpe muy fuerte en la cabeza y todavía estoy un poco mareado/mareada.	[me e ˈðaðo uŋ ˈgolpe mwi ˈfwerte en la kaˈβeθa i toðaˈβia esˈtoi̯ um ˈpoko mareˈaðo/mareˈaða]	Ich habe mir den Kopf sehr hart angeschlagen und bin immer noch ein wenig benommen.
Me he resbalado y me he torcido un tobillo.	[me e rresβaˈlaðo i me e torˈθiðo un̪ toˈβiɟo]	Ich bin ausgerutscht und habe mir den Knöchel gezerrt.
Tengo fiebre y mareos.	[ˈteŋgo ˈfjeβre i maˈreos]	Ich habe Fieber und mir ist übel.
Tengo irritación y picor en los pies.	[ˈteŋgo irritaˈθjon i piˈkor en los pjes]	Ich habe Hautirritationen und Juckreiz an den Füßen.
Se nos ha roto el preservativo y estamos algo nerviosos.	[se nos a ˈrroto el preserβaˈtiβo i esˈtamos ˈalɣo nerˈβjosos]	Unser Kondom ist gerissen, und wir sind ein wenig nervös.

EN EL HOSPITAL		Im Krankenhaus
¿Tendré que pasar la noche ingresado/ingresada?	[¿teṇˈdre ke paˈsar la ˈnoʧe iŋgreˈsaðo/ iŋgreˈsaða?]	Muss ich die Nacht im Krankenhaus verbringen?
¿Cuándo me darán el alta?	[¿ˈkwaṇdo me ðaˈran el ˈal̪ta?]	Wann werde ich entlassen?
¿Cuál es el horario de visitas?	[¿kwal es el oˈrarjo ðe βiˈsitas?]	Wie sind die Besuchszeiten?
¿Cuándo tendrán los resultados del análisis de sangre?	[¿ˈkwaṇdo teṇˈdran los rresul̪ˈtaðos ðel aˈnalisis ðe ˈsaŋgre?]	Wann werden Sie die Ergebnisse der Blutuntersuchung haben?
¿Tienen ya los resultados del análisis de orina?	[¿ˈtjenen ɟa los rresul̪ˈtaðos ðel aˈnalisis ðe oˈrina?]	Haben Sie bereits die Ergebnisse des Urintests?
¿Van a hacerme más pruebas?	[¿ban a aˈθerme mas ˈprweβas?]	Werden Sie weitere Untersuchungen machen?
Soy alérgico/alérgica al paracetamol.	[soi̯ aˈlerxiko/aˈlerxika al paraθetaˈmol]	Ich bin allergisch gegen Paracetamol.
Soy diabético/diabética.	[soi̯ ðjaˈβetiko/ ðjaˈβetika]	Ich bin Diabetiker/ Diabetikerin.
Soy celíaco/celíaca.	[soi̯ θeˈljako/θeˈljaka]	Ich habe Zöliakie.
Tengo la tensión alta / la tensión baja.	[ˈteŋgo la tenˈsjon ˈal̪ta/la tenˈsjom ˈbaxa]	Ich habe einen hohen/ niedrigen Blutdruck.

URGENCIAS 1

Notaufnahme

Me duele mucho la barriga.

Mir tut der Bauch sehr weh.

Déjeme su tarjeta de la seguridad social.

Geben Sie mir Ihre Sozialversicherungskarte.

Tengo la tarjeta sanitaria europea. Es válida, ¿verdad?

Ich habe eine Europäische Krankenversicherungskarte. Die ist doch gültig, oder?

Sí, por supuesto. Siéntese en la sala de espera.

Ja, natürlich. Setzen Sie sich ins Wartezimmer.

De acuerdo, gracias.

Okay, danke.

Esté atento, porque lo llamarán por los altavoces.

Passen Sie auf, Sie werden über die Lautsprecher aufgerufen.

Peter Flick,
acuda a la consulta 3.

Peter Flick, bitte zum
Behandlungszimmer 3.

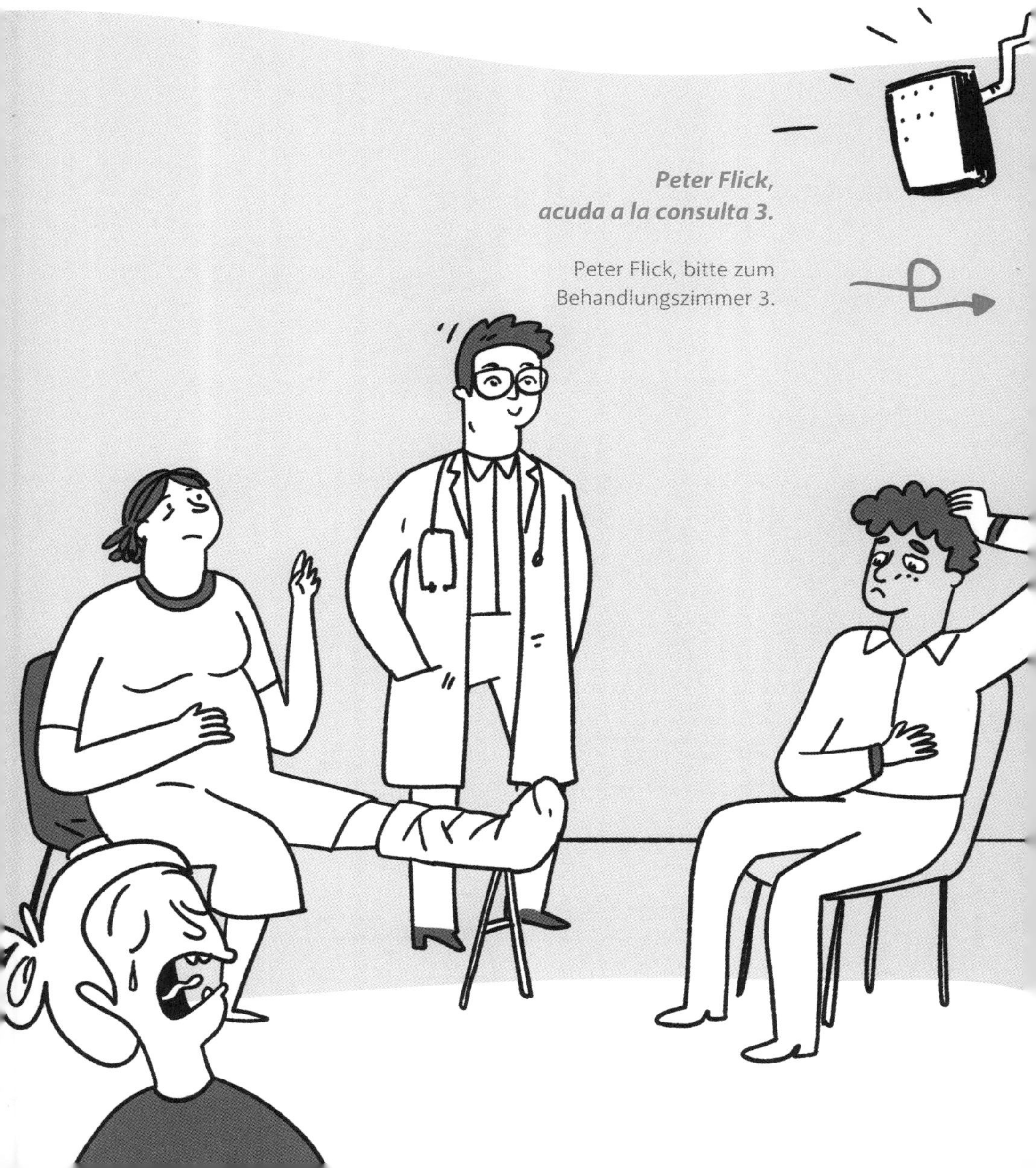

URGENCIAS 2

Notaufnahme

Buenas.
Tengo dolor de estómago desde esta tarde.

Hallo.
Ich habe seit heute Nachmittag Bauchschmerzen.

¿Qué ha almorzado?

Was haben Sie zu Mittag gegessen?

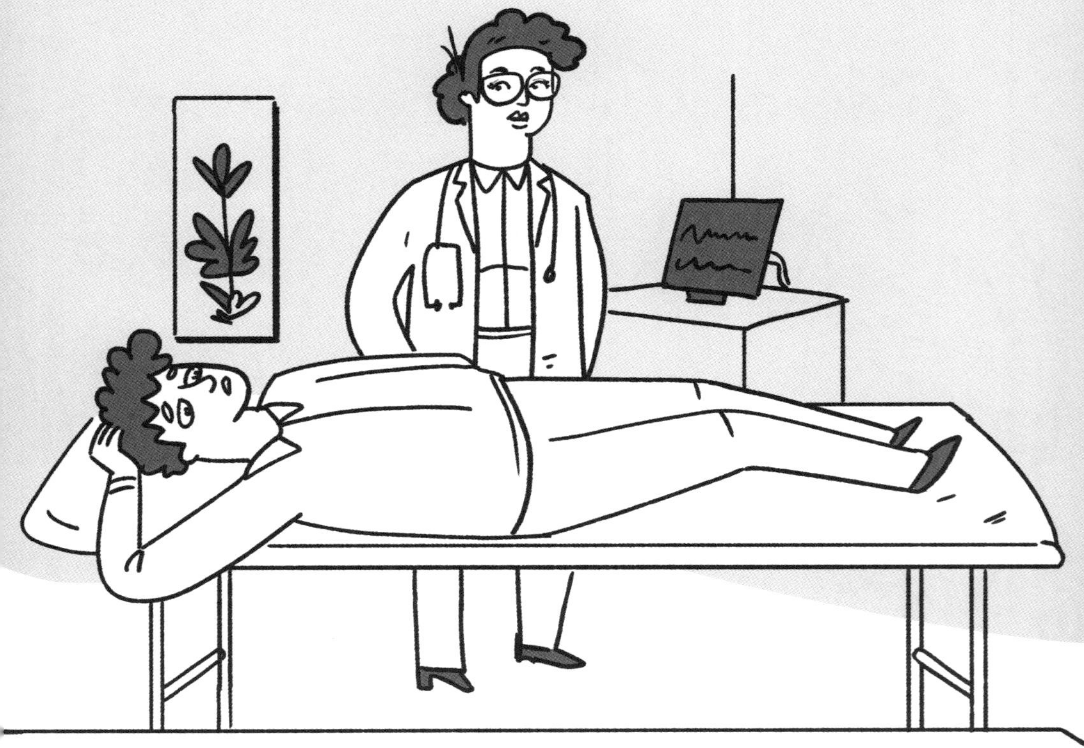

Paella mixta.
Mis amigas han comido lo mismo y están perfectamente.

Gemischte Paella.
Meine Freundinnen haben das Gleiche gegessen und es geht ihnen gut.

¿Diarrea o vómitos?
¿Náuseas?

Durchfall oder Erbrechen?
Übelkeit?

No,
nada de eso.

Nein,
nichts dergleichen.

Túmbese en la camilla.
¿Le duele cuando aprieto aquí?

Legen Sie sich auf die Liege.
Tut es weh, wenn ich hier drücke?

Un poco... ¡Au!
Ahí me duele mucho.

Ein bisschen ... Au!
Da tut es mir sehr weh.

Le vamos a hacer unas pruebas para descartar una apendicitis o una alergia al marisco.

Wir werden ein paar Tests machen, um eine Blinddarmentzündung oder eine Schalentierallergie auszuschließen.

GUT ZU WISSEN!

! Vorsicht mit dem Wort **constipado!** In den meisten spanischsprachigen Ländern bedeutet „estar constipado/constipada“ oder „tener un constipado“ so viel wie „eine Erkältung haben“, „einen Schnupfen haben“.
In Argentinien, Paraguay und Uruguay bedeutet es jedoch „Verstopfung haben“. Wenn Sie also in die Apotheke gehen und etwas „para el constipado“ bestellen, möchten Sie vielleicht nur etwas gegen eine verstopfte Nase. Falls Sie den Unterschied nicht kennen, kaufen (oder schlimmer noch, nehmen) Sie am Ende ein Abführmittel.

! Wenn Sie nach Spanien reisen wollen und Sie sich Sorgen über einen möglichen Unfall oder ein Gesundheitsproblem machen, fragen Sie vor Ihrer Reise bei Ihrer Krankenversicherung nach der europäischen Krankenversicherungskarte. Sie ist kostenlos und ermöglicht Ihnen den Zugang zur öffentlichen Gesundheitsversorgung, ohne dass Sie dafür etwas bezahlen müssen. Diese Karte ist nicht für private Gesundheitszentren gültig. Sie kann auch nicht beim Zahnarzt eingesetzt werden, es sei denn, Ihnen muss ein Zahn gezogen werden. Dies ist nämlich die einzige zahnärztliche Leistung, die vom spanischen Sozialversicherungssystem abgedeckt wird.

AUFGEPASST: Falsche Freunde!

Auf Spanisch heißt *Tablette* **pastilla** oder **comprimido**. Etwas völlig anderes ist die **tableta de chocolate** (*Tafel Schokolade*) und die **tableta informática** (*Tablet-PC*). Denken Sie auch daran, dass im Spanischen **infusión** *Kräutertee* bedeutet. Im Gegensatz dazu sagt man zu einer *Infusion* **gotero** oder **dispositivo intravenoso**.

ETAPPEN**SIEG!**

Wenn Sie sich vollständig erholt haben und bereit sind, lassen Sie uns Zahlen, Daten und Uhrzeiten durchgehen. Das wird Ihnen sehr nützlich sein, wenn es darum geht, Preise zu zahlen und danach zu fragen – und auch, um die berühmte deutsche Genauigkeit und Pünktlichkeit unter Beweis zu stellen.

10

Wann? Wie viel? **Zahlen, Datum** und **Uhrzeit**

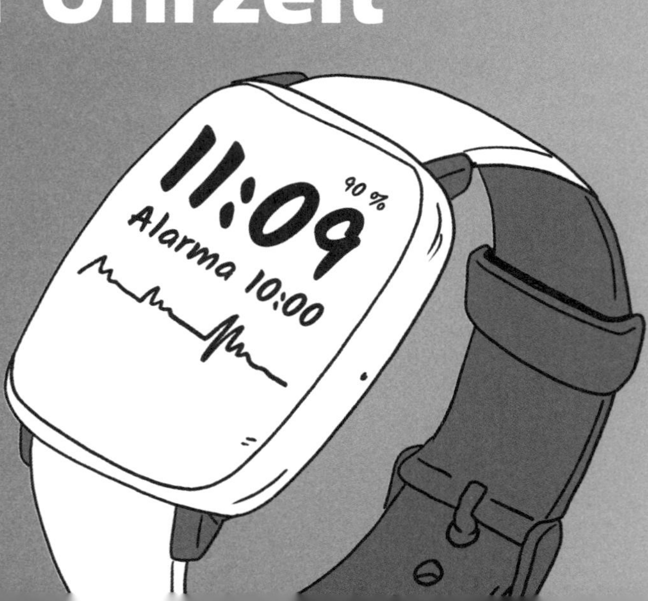

Es ist immer hilfreich, den genauen Preis von Produkten und Dienstleistungen, das Datum wichtiger Ereignisse und die exakte Uhrzeit von Events, Verabredungen zu kennen.

Lassen Sie uns also die Zahlen und Maßangaben, das Datum und die Uhrzeit gemeinsam durchgehen.

LAS ESTACIONES

Die Jahreszeiten

la primavera	[prima'βera]	der Frühling
el verano	[be'rano]	der Sommer
el otoño	[o'toɲo]	der Herbst
el invierno	[im'bjerno]	der Winter

LOS MESES

Die Monate

enero	[e'nero]	Januar
febrero	[fe'βrero]	Februar
marzo	['marθo]	März
abril	[a'βril]	April
mayo	['maɟo]	Mai
junio	['xunjo]	Juni
julio	['xuljo]	Juli
agosto	[a'ɣosto]	August
septiembre	[sep'tjembre]	September
octubre	[ok'tuβre]	Oktober
noviembre	[no'βjembre]	November
diciembre	[di'θjembre]	Dezember

LOS DÍAS DE LA SEMANA

Die Wochentage

el lunes	['lunes]	der Montag
el martes	['martes]	der Dienstag
el miércoles	['mjerkoles]	der Mittwoch
el jueves	['xweβes]	der Donnerstag
el viernes	['bjernes]	der Freitag

el sábado	[ˈsaβaðo]	der Samstag
el domingo	[doˈmiŋgo]	der Sonntag
el fin de semana	[fin̪ de seˈmana]	das Wochenende

FECHAS SEÑALADAS

Wichtige Daten

la navidad	[naβiˈðað]	das Weihnachten
la Nochebuena	[noʧeˈbwena]	der Heiligabend
la Nochevieja	[noʧeˈβjexa]	das Silvester
el carnaval	[karnaˈβal]	der Karneval
la semana santa	[seˈmana ˈsan̪ta]	die Karwoche
las vacaciones de verano	[bakaˈθjones ðe βeˈrano]	die Sommerferien
el puente de diciembre	[ˈpwen̪te ðe ðiˈθjembre]	der Brückentag im Dezember (06. bis 08.12.)
el (día) festivo	[(ˈdia) fesˈtiβo]	der Feiertag
el (día) laborable	[(ˈdia) laβoˈraβle]	der Werktag

LOS NÚMEROS ORDINALES

Die Ordnungszahlen

1º/1er/1ª	[priˈmer(o)/priˈmera]	das/die/das erste
2º/2ª	[seˈɣun̪do/seˈɣun̪da]	das/die/das zweite
3º/3er/3ª	[terˈθer(o)/terˈθera]	das/die/das dritte
4º/4ª	[ˈkwarto/ˈkwarta]	das/die/das vierte
5º/5ª	[ˈkin̪to/ˈkin̪ta]	das/die/das fünfte
6º/6ª	[ˈseˠsto/ˈseˠsta]	das/die/das sechste
7º/7ª	[ˈseptimo/ˈseptima]	das/die/das siebte
8º/8ª	[okˈtaβo/okˈtaβa]	das/die/das achte
9º/9ª	[noˈβeno/noˈβena]	das/die/das neunte
10º/10ª	[ˈdeθimo/ˈdeθima]	das/die/das zehnte

FECHAS Y PERIODOS DE TIEMPO		**Daten und Zeiträume**
Hoy es martes, 3 de diciembre de 2025.	[oi̯ es ˈmartes, tres ðe ðiˈθjembre ðe ðos mil βei̯n̪tiˈθiŋko]	Heute ist Dienstag, der 3. Dezember 2025.
Salí con ellos ayer y anteayer.	[saˈli kon ˈeʝos aˈʝer i an̪teaˈʝer]	Ich bin gestern und vorgestern mit ihnen ausgegangen.
Mañana es mi cumpleaños y pasado mañana es el de mi madre.	[maˈɲana es mi kumpleˈaɲos i paˈsaðo maˈɲana es el̪ de mi ˈmaðre]	Morgen ist mein Geburtstag und übermorgen ist der meiner Mutter.
Llegaron la semana pasada y se irán el jueves que viene.	[ʝeˈɣaron la seˈmana paˈsaða i se iˈran el ˈxueβes ke ˈβjene]	Sie sind letzte Woche angekommen und werden nächsten Donnerstag abreisen.
De lunes a viernes abrimos por la mañana y por la tarde.	[de ˈlunes a ˈβjernes aˈβrimos por la maˈɲana i por la ˈtarðe]	Von Montag bis Freitag öffnen wir am Vormittag und am Nachmittag.
¿Hay alguna farmacia que esté abierta toda la noche?	[¿ai̯ alˈɣuna farˈmaθja ke esˈte aˈβjerta ˈtoða la ˈnoʧe?]	Gibt es eine Apotheke, die die ganze Nacht geöffnet hat?
Los sábados abrimos hasta el mediodía y los domingos estamos cerrados.	[los ˈsaβaðos aˈβrimos ˈasta el meðioˈðia i los ðoˈmiŋgos esˈtamos θeˈrraðos]	Samstags haben wir bis mittags geöffnet, und sonntags haben wir geschlossen.
Tengo vacaciones del 12 al 21 de abril.	[ˈteŋgo βakaˈθjones ðel̪ ˈdoθe al βei̯n̪ˈtjuno ðe aˈβril]	Ich habe vom 12. bis 21. April Urlaub.
Voy a pasar la segunda quincena de agosto en la playa.	[boi̯ a paˈsar la seˈɣun̪da kin̪ˈθena ðe aˈɣosto en la ˈplaʝa]	Ich werde die zweite Augusthälfte am Strand verbringen.
Vuelvo a mi país en septiembre.	[ˈbwelβo a mi paˈis en sepˈtjembre]	Ich gehe im September in mein Land zurück.

Ya llevamos más de diez años viviendo aquí.	[ɟa ɟeˈβamos mas ðe ðieθ aɲos βiˈβjeṇdo aˈki]	Wir leben hier seit mehr als zehn Jahren.
Hace tres meses que trabaja en esta oficina.	[ˈaθe tres ˈmeses ke traˈβaxa en ˈesta ofiˈθina]	Er arbeitet seit drei Monaten in diesem Büro.
Volveré dentro de una semana.	[bolβeˈre ˈðeṇtro ðe ˈuna seˈmana]	Ich bin in einer Woche wieder da.
¡Qué sorpresa! Hacía un siglo que no nos veíamos.	[¡ke sorˈpresa! aˈθia un ˈsiɣlo ke no nos βeˈiamos]	Was für eine Überraschung! Wir haben uns eine Ewigkeit nicht gesehen.
Llevo casi una hora esperando.	[ˈɟeβo ˈkasi ˈuna ˈora espeˈraṇdo]	Ich warte seit fast einer Stunde.
Lo hizo en menos de un minuto.	[lo ˈiθo em ˈmenos ðe um miˈnuto]	Er hat es in weniger als einer Minute geschafft.
El récord está en quince segundos.	[el ˈrrekor(ð) esˈta eŋ ˈkiṇθe seˈɣuṇdos]	Der Rekord liegt bei fünfzehn Sekunden.

LA HORA

Die Uhrzeit

Es la una y cinco.	[es la ˈuna i ˈθiŋko]	Es ist fünf nach eins.
Son las once y cuarto (de la mañana).	[son las ˈoṇθe i ˈkwarto (ðe la maˈɲana)]	Es ist Viertel nach elf (vormittags).
Son las doce en punto (del mediodía).	[son las ˈdoθe em ˈpuṇto (ðel meðjoˈðia)]	Es ist genau zwölf Uhr (mittags).
Son casi las doce y media (de la noche).	[son ˈkasi las ˈðoθe i ˈmeðja (ðe la ˈnoʧe)]	Es ist fast halb eins (in der Nacht).
Son las cinco menos cuarto (de la tarde).	[son las ˈθiŋko ˈmenos ˈkwarto (ðe la ˈtarðe)]	Es ist Viertel vor fünf (am Nachmittag).
Son las ocho menos diez.	[son las ˈoʧo ˈmenos ðjeθ]	Es ist zehn vor acht.

Son las cuatro pasadas (de la mañana).	[son las ˈkwatro ˈ paˈsadas (ðe la maˈɲana)]	Es ist nach vier Uhr (morgens).
Serán las siete, más o menos.	[seˈran las ˈsjete, mas o ˈmenos]	Es ist etwa sieben Uhr.
Yo me levanto todos los días a las ocho menos cuarto.	[ɟo me leˈβan̪to ˈtoðos los ˈðias a las ˈoʧo ˈmenos ˈkwarto]	Ich stehe jeden Tag um Viertel vor acht auf.
Trabajo desde las nueve hasta las tres (o de nueve a tres).	[traˈβaxo ˈðesðe las ˈnweβe ˈasta las tres (o ðe ˈnweβe a tres]	Ich arbeite von neun bis drei.
Salimos del pueblo antes de las diez y llegamos a la playa a las once y pico.	[saˈlimos ðel ˈpweβlo ˈan̪tes ðe las djeθ i ɟeˈɣamos a la ˈplaɟa a las ˈon̪θe i ˈpiko]	Wir verließen das Dorf vor zehn und kamen kurz nach elf am Strand an.

MATEMÁTICAS, PORCENTAJES Y MEDIDAS

Mathematik, Prozentsätze und Maßeinheiten

2 + 2 – 5 = –1	[dos mas ðos ˈmenos ˈθiŋko iˈɣual a ˈmenos ˈuno]	2 + 2 – 5 = –1
3 × 0 = 0	[tres por ˈθero iˈɣual a ˈθero]	3 × 0 = 0
10 ÷ 4 = 2,5	[djeθ ˈen̪tre ˈkwatro iˈɣual a ðos ˈkoma ˈθiŋko (o ðos kon̪ ˈθiŋko)]	10 ÷ 4 = 2,5
El 31 % de los españoles usa una bicicleta con frecuencia.	[el ˈtrei̯n̪ta i ˈuno por ˈθjen̪to ðe los espaˈɲoles ˈusa ˈuna βiθiˈkleta koɱ freˈkwen̪θja]	31 % der Menschen in Spanien benutzen häufig ein Fahrrad.

Póngame una jarra de 1/2 l.	[ˈpoŋgame ˈuna ˈxarra ðe ˈmeðjo ˈlitro]	Geben Sie mir einen Krug mit 1/2 l.
Un botellín de 1/3 l, por favor.	[um boteˈɟiṇ de uṇ ˈterθjo ðe ˈlitro, por faˈβor]	Eine Flasche mit 1/3 l, bitte.
Un paquete de 1/4 kg.	[um paˈkete ðe (uŋ) ˈkwarto ðe ˈkilo]	Ein Päckchen mit 1/4 kg.
Se bebió 3/4 l de vino.	[se βeˈβio tres ˈkwartos ðe ˈlitro ðe ˈβino]	Er hat 3/4 l Wein getrunken.
Deme una botella de agua de 1,5 l.	[ˈdeme ˈuna βoˈteɟa ðe ˈaɣua ðe ˈlitro i ˈmeðjo]	Geben Sie mir eine 1,5-l-Flasche Wasser.
La maleta no puede pesar más de 23 kg.	[la maˈleta no ˈpweðe peˈsar mas ðe βei̯ṇtiˈtres ˈkilos]	Der Koffer darf nicht schwerer als 23 kg sein.
Burgos está a unos 80 km de aquí.	[ˈburɣos esˈta a ˈunos oˈʧeṇta kiˈlometros ðe aˈki]	Burgos ist ca. 80 km von hier entfernt.
Hemos alquilado un apartamento de 60 m².	[ˈemos alkiˈlaðo un apartaˈmeṇto ðe seˈseṇta ˈmetros kwaˈðraðos]	Wir haben eine 60-m²-Wohnung gemietet.
Por el día hace unos 12 °C, pero por la noche la temperatura baja hasta los −5 °C.	[por el̪ ˈdia ˈaθe ˈunos ˈðoθe ˈɣraðos, ˈpero por la ˈnoʧe la temperaˈtura ˈβaxa ˈasta los ˈθiŋko ˈɣraðos ˈβaxo ˈθero]	Tagsüber sind es etwa 12 °C, aber nachts sinkt die Temperatur auf −5 °C.
El vecino del tercer piso fue el primero en llegar a la reunión.	[el βeˈθino del̪ terˈθer ˈpiso fue el priˈmero en ɟeˈɣar a la rreuˈnjon]	Der Nachbar aus dem dritten Stock kam als Erster zu dem Treffen.

HORA DE CERRAR

Ladenschluss

Lo siento, no puede pasar, estamos a punto de cerrar.

Tut mir leid, Sie können nicht hereinkommen, wir schließen gleich.

¡Vaya! Creía que estaba abierto hasta las nueve de la noche.

Oh! Ich dachte, es sei bis neun Uhr abends geöffnet.

*Durante el verano sí,
pero hoy es 16 de septiembre.*

Im Sommer schon,
aber heute ist der 16. September.

¿Y es una fecha especial?

Und ist das ein besonderes Datum?

*No exactamente, es que desde hoy hasta el
15 de mayo adoptamos el horario de invierno.*

Nicht wirklich, es ist nur so, dass ab heute bis zum
15. Mai die Öffnungszeiten für den Winter gelten.

*Ya veo, entonces, a partir de hoy, cierran a
las ocho y media, en vez de a las nueve, ¿correcto?*

Ich verstehe, dann schließen Sie also ab heute
um halb neun statt um neun, richtig?

*Exactamente. Vuelva mañana.
Por la mañana le atendemos
de nueve a una y media.*

Genau. Kommen Sie morgen wieder.
Vormittags haben wir von
neun bis halb zwei geöffnet.

*Volveré mañana entonces.
¿Qué remedio?*

Dann komme ich morgen wieder.
Was bleibt mir anderes übrig?

ALOJAMIENTO EN LA PLAYA

Unterkunft am Strand

Hola. Quisiera reservar un apartamento con vistas al mar.

Hallo. Ich würde gern eine Wohnung mit Meerblick buchen.

De acuerdo, ¿para qué quincena sería?

Gut, für welchen 15-Tages-Zeitraum soll es sein?

Para la primera quincena de agosto.

Für die ersten 15 Tage im August.

Le puedo ofrecer un apartamento de dos habitaciones, pero sin ascensor.

Ich kann Ihnen eine Zwei-Zimmer-Wohnung anbieten, allerdings ohne Aufzug.

¿Qué piso es?

In welcher Etage ist sie?

Un segundo.

In der zweiten.

¡Eso no es nada!
Yo vivo en un cuarto sin ascensor.

Das ist kein Problem!
Ich wohne in der vierten Etage ohne Aufzug.

El precio del alquiler es de 1800 €.
Hay que abonar la mitad antes del 1 de julio para no perder la reserva.

Die Miete beträgt 1800 €.
Sie müssen die Hälfte davon vor dem 1. Juli bezahlen, damit Ihre Reservierung nicht verfällt.

GUT ZU WISSEN!

! Im spanischsprachigen Raum neigt man dazu, Zeitangaben zu runden, sodass sie nicht so genau wie auf Deutsch ausgedrückt werden. Es ist zum Beispiel sehr ungewöhnlich, **las tres y diecisiete** zu sagen. In Spanien würden die meisten Menschen **las tres y veinte** oder **las tres y cuarto** sagen. In Fällen, in denen es genauer sein muss, würde man **las tres y cuarto pasadas** (*kurz nach Viertel nach drei*) oder **son casi las tres y veinte** (*es ist fast zwanzig nach drei)* sagen.

! Obwohl es sehr stark von der einzelnen Person abhängt, gilt in Spanien und Hispanoamerika Pünktlichkeit traditionell nicht als oberste Priorität. Man kann sogar sagen, bei ihnen herrscht „eine andere Art von Pünktlichkeit". Verspätungen bei öffentlichen Verkehrsmitteln, Show-Events, informellen Abendessen usw. liegen in der Regel bei dreißig Minuten bis zu ein paar Stunden, ohne dass sich jemand darüber wundert. Wenn Freunde Sie für neun Uhr zu sich nach Hause zum Abendessen einladen, wäre es in Spanien üblich, dort ab halb zehn zu erscheinen, während man in Ländern wie Mexiko erwarten würde, dass Sie frühestens um zehn Uhr kommen. Tatsächlich kann es in einigen Gebieten Lateinamerikas sogar verpönt sein, zu einer solchen Verabredung pünktlich zu erscheinen!

AUFGEPASST:

Falsche Freunde!

Denken Sie daran, dass **las cuatro y media** nicht 3.30 Uhr oder 15.30 Uhr ist, sondern 4.30 Uhr bzw. 16.30 Uhr.

ETAPPEN**SIEG!**

Wir hoffen, dass Sie während Ihres Aufenthalts keine Probleme haben werden, aber es ist immer besser, auf das Schlimmste vorbereitet zu sein. Im nächsten Kapitel werden wir Ihnen daher helfen, mit unerwarteten Situationen umzugehen.

11

Hilfe! Alles für den **Notfall**

Etwas Unvorhergesehenes ist passiert?

Keine Panik! Wir sind hier, um Ihnen zu helfen, die Situation so schnell wie möglich zu regeln.

Jetzt einfach tief durchatmen und zur nächsten Seite blättern.

IMPREVISTOS DURANTE EL VIAJE		Unerwartetes auf der Reise
el accidente	[aˠθiˈðen̪te]	der Unfall
la aduana	[aˈðwana]	der Zoll
algo que declarar	[ˈalɣo ke ðeklaˈrar]	etwas zu verzollen
el artículo prohibido	[arˈtikulo proi̯ˈβiðo]	der verbotene Gegenstand
el atasco	[aˈtasko]	der Stau
la avería	[aβeˈria]	die Panne
el aviso	[aˈβiso]	die Drohung, die Warnung
el cambio de horario	[ˈkambjo ðe oˈrarjo]	die Änderung des Zeitplans
el cambio de puerta	[ˈkambjo ðe ˈpwerta]	die Änderung des Flugsteigs
la cancelación	[kan̪θelaˈθjon]	die Stornierung, die Annullierung
el control de seguridad	[kon̪ˈtrol̪ de seɣuriˈðað]	die Sicherheitskontrolle
el equipaje extraviado	[ekiˈpaxe estraβiˈaðo]	das verlorene Gepäck
el exceso de reservas (o el overbooking)	[esˈθeso ðe rreˈserβas (o oβerˈβukin)]	die Überbuchung
la franquicia de tabaco y alcohol	[franˈkiθja ðe taˈβako i alˈkol]	die Reisefreimengen bei Tabakwaren und Alkohol
la huelga	[ˈwelɣa]	der Streik
la inspección de equipajes	[inspeˠˈθjon̪ de ekiˈpaxes]	die Gepäckkontrolle
el retraso	[rreˈtraso]	die Verspätung
el sobrepeso	[soβreˈpeso]	das Übergewicht

OFICINA DE OBJETOS PERDIDOS		Fundbüro
la bolsa (con...)	[ˈbolsa (kon...)]	der Beutel (mit ...)
la mochila	[moˈʧila]	der Rucksack
el monedero	[moneˈðero]	das Portemonnaie
el (teléfono) móvil	[(teˈlefono) ˈmoβil]	das Handy

PROBLEMAS CON EL ALOJAMIENTO		Probleme mit der Unterkunft
(el) agua caliente	[ˈaɣwa kaˈljen̪te]	heißes Wasser
(el) agua corriente	[ˈaɣwa koˈrrjen̪te]	fließend Wasser
la falta de privacidad	[ˈfal̪ta ðe priβaθiˈðað]	die fehlende Privatsphäre
la gotera	[goˈtera]	die undichte Stelle
los insectos	[inˈsektos]	die Insekten
los/las chinches	[ˈʧinʧes]	die Wanzen
las cucarachas	[kukaˈraʧas]	die Kakerlaken
las hormigas	[orˈmiɣas]	die Ameisen
las pulgas	[ˈpulɣas]	die Flöhe
el mal olor	[mal oˈlor]	der üble Geruch
la mancha de humedad	[ˈmanʧa ðe umeˈðað]	der Feuchtigkeitsfleck
el ruido	[ˈrrwiðo]	der Lärm
la suciedad	[suθjeˈðað]	der Dreck
la ubicación	[uβikaˈθjon]	der Standort, die Lage
el director / la directora del establecimiento	[direkˈtor/direkˈtora ðel estaβleθiˈmjen̪to]	der Direktor / die Direktorin der Einrichtung
el/la recepcionista	[rreθeβθjoˈnista]	der Empfangschef/ die Empfangsdame
el servicio de limpieza	[serˈβiθjo ðe limˈpjeθa]	der Reinigungsservice
atascado/atascada	[atasˈkaðo/atasˈkaða]	verstopft
en malas condiciones	[em ˈmalas kon̪diˈθjones]	in schlechtem Zustand
estropeado/estropeada	[estropeˈaðo/estropeˈaða]	beschädigt
incómodo/incómoda	[iŋˈkomoðo/iŋˈkomoða]	unangenehm
manchado/manchada	[manˈʧaðo/manˈʧaða]	fleckig
la hoja de reclamaciones	[ˈoxa ðe rreklamaˈθjones]	das Beschwerdeformular
la queja	[ˈkexa]	die Beschwerde
la reclamación	[rreklamaˈθjon]	die Reklamation
el reembolso	[rre(e)mˈbolso]	die Rückerstattung

IMPREVISTOS DURANTE EL VIAJE		**Unerwartetes auf der Reise**
He perdido el autobús, ¿qué puedo hacer?	[e perˈðiðo el au̯toˈβus, ¿ke ˈpweðo aˈθer?]	Ich habe den Bus verpasst, was kann ich tun?
¿Puede ayudarme? He perdido el vuelo.	[¿ˈpweðe aɟuˈðarme? e perˈðiðo el ˈβwelo]	Können Sie mir helfen? Ich habe meinen Flug verpasst.
Mi vuelo ha llegado con retraso y he perdido la conexión.	[mi ˈβwelo a ɟeˈɣaðo kon rreˈtraso i e perˈðiðo la koneˠˈsjon]	Mein Flug hatte Verspätung, und ich habe den Anschlussflug verpasst.
Han retrasado mi vuelo cinco horas, ¿tengo derecho a una compensación?	[an rretraˈsaðo mi ˈβwelo ˈθiŋko ˈoras, ¿ˈteŋgo ðeˈretʃo a ˈuna kompensaˈθjon?]	Mein Flug hat fünf Stunden Verspätung. Habe ich Anspruch auf eine Entschädigung?
Han cancelado mi vuelo por la huelga de pilotos.	[aŋ kaṇˈθelaðo mi ˈβwelo por la ˈwelɣa ðe piˈlotos]	Mein Flug wurde wegen des Pilotenstreiks gestrichen.
Me he equivocado de tren, ¿puede ofrecerme alguna solución?	[me e ekiβoˈkaðo ðe tren, ¿ˈpweðe ofreˈθerme alˈɣuna soluˈθjon?]	Ich habe den falschen Zug genommen. Können Sie mir eine Lösung anbieten?
No sabía que tenía que imprimir la tarjeta de embarque.	[no saˈβia ke teˈnia ke impriˈmir la tarˈxeta ðe emˈbarke]	Ich wusste nicht, dass ich die Bordkarte ausdrucken muss.
Creía que la reserva incluía una maleta facturada.	[kreˈia ke la rreˈserβa iŋkluˈia ˈuna maˈleta faktuˈraða]	Ich dachte, in der Buchung sei die Aufgabe eines Koffers enthalten.
Mi maleta solo lleva un kilo de más, ¿no puede hacer la vista gorda?	[mi maˈleta ˈsolo ˈɟeβa uŋ ˈkilo ðe mas, ¿no ˈpweðe aˈθer la ˈβista ˈɣorða?]	Mein Koffer ist nur ein Kilo schwerer, könnten Sie nicht ein Auge zudrücken?
Han extraviado mi maleta.	[an estraβiˈaðo mi maˈleta]	Mein Koffer ist verloren gegangen.
Mi maleta ha llegado rota.	[mi maˈleta a ɟeˈɣaðo ˈrrota]	Mein Koffer ist beschädigt angekommen.

PROBLEMAS CON EL ALOJAMIENTO

		Probleme mit der Unterkunft
En la agencia de viajes nos dijeron que era un apartamento de cuatro dormitorios.	[en la aˈxen̪θja ðe βiˈaxes nos ðiˈxeron ke ˈera un apartaˈmen̪to ðe ˈkwatro ðormiˈtorjos]	Im Reisebüro sagte man uns, es sei eine Wohnung mit vier Schlafzimmern.
Habíamos reservado una habitación con balcón y vistas al puerto.	[aˈβiamos rreserˈβaðo ˈuna aβitaˈθjoŋ kom balˈkon i ˈβistas al ˈpwerto]	Wir hatten ein Zimmer mit Balkon und Hafenblick gebucht.
Se suponía que era un hotel de cuatro estrellas.	[se supoˈnia ke ˈera un oˈtel̪ de ˈkwatro esˈtreɟas]	Es sollte ein Vier-Sterne-Hotel sein.
En el folleto decía que estaba a solo cinco minutos de la playa.	[en el foˈɟeto ðeˈθia ke esˈtaβa a ˈsolo ˈθiŋko miˈnutos ðe la ˈplaɟa]	In der Broschüre stand, dass es nur fünf Minuten vom Strand entfernt ist.
En la reserva ponía que incluía una plaza de aparcamiento en el mismo edificio.	[en la rreˈserβa poˈnia ke iŋkluˈia ˈuna ˈplaθa ðe aparkaˈmjen̪to en el ˈmismo eðiˈfiθjo]	In der Reservierung war angegeben, dass es einen Parkplatz im selben Gebäude gibt.
No han limpiado el apartamento y no han puesto sábanas ni toallas limpias.	[no an limˈpjaðo el apartaˈmen̪to i no am ˈpwesto ˈsaβanas ni toˈaɟas ˈlimpjas]	Die Wohnung ist nicht geputzt worden, und es wurden keine saubere Bettwäsche oder Handtücher zur Verfügung gestellt.
La sábana está manchada, se nota que no la han lavado.	[la ˈsaβana esˈta manˈʧaða, se ˈnota ke no la an laˈβaðo]	Das Bettlaken ist fleckig, man merkt, dass es nicht gewaschen wurde.
El váter está atascado.	[el ˈβater esˈta atasˈkaðo]	Die Toilette ist verstopft.
El grifo está roto y no para de gotear.	[el ˈɣrifo esˈta ˈrroto i no ˈpara ðe ɣoteˈar]	Der Wasserhahn ist kaputt und hört nicht auf zu tropfen.

No tenemos agua caliente.	[no teˈnemos ˈaɣua kaˈljen̪te]	Wir haben kein Warmwasser.
Estamos sin luz.	[esˈtamos sin luθ]	Wir haben kein Licht.
¿Cuándo vendrá alguien a arreglar el aire acondicionado?	[¿ˈkwan̪do βen̪ˈdra ˈalɣjen a arreˈɣlar el aire akon̪diθjoˈnaðo?]	Wann wird jemand kommen, um die Klimaanlage zu reparieren?
La ventana está atrancada y no podemos abrirla.	[la βen̪ˈtana esˈta atraŋˈkaða i no poˈðemos aˈβrirla]	Das Fenster klemmt, und wir können es nicht öffnen.
Las camas son muy incómodas, se sienten los muelles del colchón.	[las ˈkamas son mwi iŋˈkomoðas, se ˈsjen̪ten los ˈmweɟes ðel kolˈʧon]	Die Betten sind sehr unbequem, man spürt die Federn der Matratze.
El televisor y el frigorífico están estropeados.	[el̪ teleβiˈsor i el friɣoˈrifiko esˈtan estropeˈaðos]	Der Fernseher und der Kühlschrank sind beschädigt.
Si el ascensor está averiado, cámbienos a una habitación en la planta baja.	[si el asθenˈsor esˈta aβeˈrjaðo, ˈkambjenos a ˈuna aβitaˈθjon en la ˈplan̪ta ˈβaxa]	Wenn der Aufzug kaputt ist, würden wir gerne in ein Zimmer im Erdgeschoss wechseln.
El ruido es insoportable.	[el ˈrrwiðo es insoporˈtaβle]	Der Lärm ist unerträglich.
La cocina está infestada de cucarachas.	[la koˈθina esˈta iɱfesˈtaða ðe kukaˈraʧas]	In der Küche sind Kakerlaken.
Han desaparecido varias cosas de la habitación y pienso llamar a la policía si no aparecen.	[an̪ desapareˈθiðo ˈβarjas ˈkosas ðe la aβitaˈθjon i ˈpjenso ɟaˈmar a la poliˈθia si no apaˈreθen]	Einige Dinge sind aus dem Zimmer verschwunden und ich habe vor, die Polizei zu rufen, wenn sie nicht wieder auftauchen.
Me temo que he perdido las llaves.	[me ˈtemo ke e perˈðiðo las ˈɟaβes]	Ich fürchte, ich habe die Schlüssel verloren.

QUEJAS Y RECLAMACIONES

Beschwerden und Reklamationen

Quiero presentar una reclamación acerca de la comida que sirven.	[ˈkjero presen̪ˈtar ˈuna rreklamaˈθjon aˈθerka ðe la koˈmiða ke ˈsirβen]	Ich möchte mich über das Essen beschweren, das hier serviert wird.
Deme la hoja de reclamaciones, por favor.	[ˈdeme la ˈoxa ðe rreklamaˈθjones, por faˈβor]	Bitte geben Sie mir das Beschwerdeformular.
Tengo varias quejas, por favor, avise al director del hotel.	[ˈteŋgo ˈβarjas ˈkexas, por faˈβor, aˈβise al̪ direkˈtor ðel oˈtel]	Ich habe mehrere Beschwerden, bitte informieren Sie den Hoteldirektor.
Es usted un impertinente, quiero hablar con el responsable.	[es usˈteð un impertiˈnen̪te, ˈkjero aˈβlar kon el rresponˈsaβle]	Sie sind unverschämt, ich möchte mit der verantwortlichen Person sprechen.
Es usted una incompetente, quiero hablar con el jefe de personal.	[es usˈteð ˌuna iŋkompeˈten̪te, ˈkjero aˈβlar kon el ˈxefe ðe persoˈnal]	Sie sind inkompetent, ich möchte mit dem Personalchef sprechen.
¡Esto es una estafa en toda regla!	[¡ˈesto es ˈuna esˈtafa en̪ ˈtoða ˈrreɣla!]	Das ist ein Betrug!

EN LA ADUANA

Beim Zoll

¿Tengo que declarar la cámara fotográfica?	[¿ˈteŋgo ke ðeklaˈrar la ˈkamara fotoˈɣrafika?]	Muss ich die Kamera verzollen?
¿Por qué me requisan la batería externa?	[¿por ke me rreˈkisan la βateˈria esˈterna?]	Warum wird mein externer Akku beschlagnahmt?
No sabía que la manzana era un objeto prohibido.	[no saˈβia ke la man̪ˈθana ˈera un oβˈxeto proi̯ˈβiðo]	Ich wusste nicht, dass es verboten ist, einen Apfel mitzunehmen.
Me dijeron que podía llevar dos cartones de tabaco.	[me ðiˈxeroŋ ke poˈðia ɟeˈβar ðos karˈtones ðe taˈβako]	Mir wurde gesagt, ich könne zwei Stangen Zigaretten mitnehmen.

VUELO RETRASADO

Verspäteter Flug

Señores pasajeros, debido al mal tiempo, el vuelo no va a poder salir a su hora.

Verehrte Passagiere, aufgrund des schlechten Wetters kann der Flug nicht pünktlich starten.

¿Va a salir con retraso? ¿Y a qué hora está previsto que salga?

Wird er Verspätung haben? Um wie viel Uhr wird er voraussichtlich gehen?

Lo siento, señora, no puedo decirle una hora concreta. Estamos esperando a que pase la tormenta.

Es tut mir leid, Señora, ich kann Ihnen keine genaue Uhrzeit nennen. Wir warten, bis der Sturm vorüber ist.

¡Entonces perderé mi conexión! ¿Qué puedo hacer?

Dann verpasse ich meinen Anschlussflug! Was kann ich tun?

Diríjase a la ventanilla de la compañía aérea. Allí la informarán.

Gehen Sie zum Schalter der Fluggesellschaft. Dort werden Sie informiert.

De acuerdo, gracias.

Okay, danke.

Los demás pasajeros, estén atentos a las pantallas.

Die anderen Fluggäste: Bitte achten Sie auf die Bildschirme!

EN COMISARÍA

Auf der Polizeiwache

Buenas tardes.
Quiero denunciar un robo.

Guten Tag.
Ich möchte einen Diebstahl melden.

De acuerdo, señor.
Rellene este formulario.
¿Qué le han robado?

In Ordnung, Señor.
Füllen Sie dieses Formular aus.
Was wurde Ihnen gestohlen?

Un bolso rojo, de piel.
Tenía dentro el monedero,
las llaves, el carné de conducir

Eine rote Ledertasche.
Darin hatte ich meine Brieftasche,
meine Schlüssel, meinen
Führerschein und meinen Pass.
So was Blödes!

¿Dónde y cuándo ha sido?

Wo und wann war das?

Hace unos veinte minutos, en la rambla.

Vor etwa zwanzig Minuten, auf der Promenade.

¿Y cómo ha ocurrido?

Und wie ist das passiert?

Al cruzar la calle me han dado un tirón. Eran dos en una moto.

Als ich die Straße überquerte, hat man mir die Tasche entrissen. Es waren zwei auf einem Motorrad.

Bien, firme aquí y le avisaremos si aparece.

Gut, unterschreiben Sie hier und wir geben Ihnen Bescheid, wenn wir sie finden.

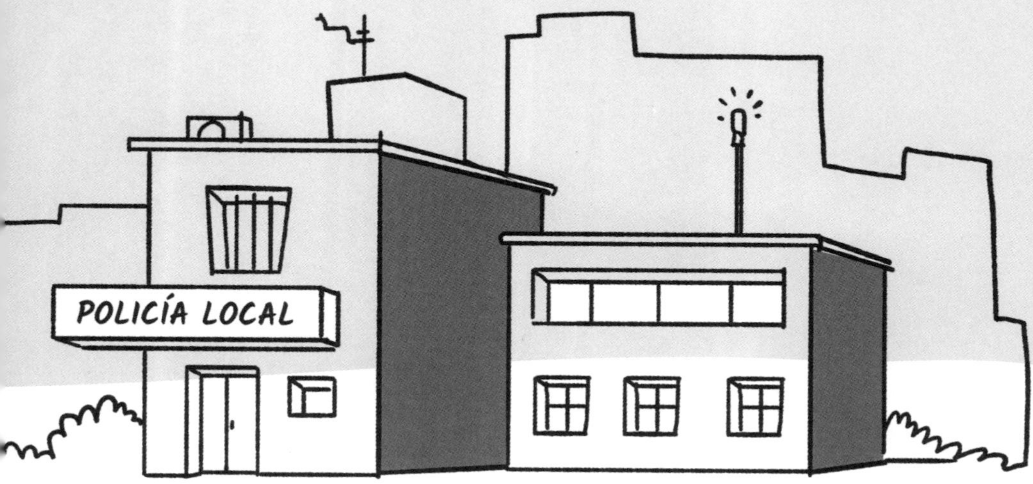

GUT ZU WISSEN!

! In Spanien ist es gesetzlich vorgeschrieben, dass alle öffentlichen Einrichtungen (alle Arten von Geschäften, Bars, Restaurants, Unterkünften ...) über Beschwerdeformulare verfügen und dass sie diese der Kundschaft auf Anfrage zur Verfügung stellen. Damit die Beschwerde gültig ist, muss auch die Verbraucherbehörde eine Kopie erhalten.

! Im Allgemeinen kann Spanien als sicheres Land betrachtet werden. An Orten, die sehr überfüllt sind (z. B. die U-Bahn zur Hauptverkehrszeit) oder sehr stark von Reisenden frequentiert werden, kann es jedoch zu Taschendiebstählen kommen. Damit nichts passieren kann, lassen Sie Ihre Brieftasche oder Ihr Mobiltelefon nie unbeaufsichtigt. Außerdem sollten Sie Ihren Laptop nie stehenlassen, wenn Sie auf die Toilette gehen und Ihr Fahrrad sicher abschließen. Vorbeugen ist immer besser als heilen. Es kann auch eine gute Idee sein, eine Fotokopie des Reisepasses in der Brieftasche mitzuführen und den Originalreisepass in der Unterkunft aufzubewahren.

AUFGEPASST:
Falsche Freunde!

Im Spanischen ist **un defecto** *ein Fehler*. Man kann nicht sagen, dass ein Gerät „defecto" ist, sondern es ist **estropeado**, **averiado** oder **roto**. Oder: **no funciona**.

ETAPPEN**SIEG!**

Jetzt, da wir die unerwarteten Ereignisse hinter uns gelassen haben und wieder alles in Ordnung ist, ist es an der Zeit, sich zu entspannen, auszugehen und Spaß zu haben. Möchten Sie in ein Museum gehen oder sich eine Aufführung ansehen? Großartig! Dann gehen wir zum nächsten Kapitel.

12

Kino? Konzert? Was unternehmen wir heute?

Kino, Musik, Kunst, Kultur, Wissenschaft ...

Viele Ausstellungen und Show-Events zum Entdecken und Genießen warten auf Sie.

Auf geht's, lassen Sie uns loslegen!

SALIR		Ausgehen
al aire libre	[al ˈai̯re ˈliβre]	im Freien
el aplauso	[aˈplau̯so]	der Applaus
el asiento en primera fila	[aˈsjen̪to em priˈmera ˈfila]	der Sitz in der ersten Reihe
la butaca	[buˈtaka]	der (Parkett)sitz
el escenario	[esθeˈnarjo]	die Bühne
el espectáculo	[espekˈtakulo]	die Show
el espectador / la espectadora	[espektaˈðor/ espektaˈðora]	der Zuschauer / die Zuschauerin
el estreno	[esˈtreno]	die Premiere
el festival	[festiˈβal]	das Festival
la fila	[ˈfila]	die Reihe
el público	[ˈpuβliko]	das Publikum
la sala	[ˈsala]	der Saal
la taquilla	[taˈkiɟa]	die Kasse, der Schalter
la venta anticipada	[ˈben̪ta an̪tiθiˈpaða]	der Vorverkauf

CINE Y TEATRO		Kino und Theater
el actor / la actriz	[akˈtor/akˈtriθ]	der Schauspieler / die Schauspielerin
el bailarín / la bailarina	[bai̯laˈrin/bai̯laˈrina]	der Tänzer/die Tänzerin
el cabaré	[kaβaˈre]	das Kabarett
la comedia	[koˈmeðja]	die Komödie
el drama	[ˈdrama]	das Drama
los efectos especiales	[eˈfektos espeˈθjales]	die Spezialeffekte
el entreacto	[en̪treˈakto]	die Pause
la escena	[esˈθena]	die Szene
la función (de teatro)	[fun̪ˈθjon (de teˈatro)]	die (Theater)aufführung

el guion	[gi'on]	das Drehbuch
el musical	[musi'kal]	das Musical
la obra (teatral)	['oβra (tea'tral)]	das (Theater)stück
las palomitas	[palo'mitas]	das Popcorn
la pantalla	[paṇ'taɟa]	die Leinwand
la película de suspense	[pe'likula ðe sus'pense]	der Thriller
la película independiente	[pe'likula iṇdepeṇ'djeṇte]	der Independent-Film
el personaje	[perso'naxe]	die Figur
el reparto	[rre'parto]	die Besetzung
la representación	[rrepresenta'θjon]	die Vorstellung
el telón	[te'lon]	der Vorhang
la tragedia	[tra'xeðja]	die Tragödie
el tráiler	['traḭler]	der Trailer

CONCIERTOS

Konzerte

la banda de música	['baṇda ðe 'musika]	die Musikkapelle, die Band
el/la cantante (o el/la vocalista)	[kaṇ'taṇte (o boka'lista)]	der Sänger / die Sängerin
el compositor / la compositora	[komposi'tor/ komposi'tora]	der Komponist / die Komponistin
la danza	['daṇθa]	der Tanz
el grupo (o la banda)	['grupo (o 'baṇda)]	die Gruppe (oder die Band)
la ópera	['opera]	die Oper
la orquesta sinfónica (o filarmónica)	[or'kesta siɱ'fonika (o filar'monika)]	das Symphonieorchester (oder die Philharmonie)
el repertorio	[rreper'torjo]	das Repertoire
el/la solista	[so'lista]	der Solist / die Solistin
el telonero (o la banda invitada)	[telo'nero (o 'baṇda imbi'taða)]	die Vorgruppe (oder die Gastband)

EN LA TAQUILA

An der Kasse

¿Dónde se compran las entradas?	[¿ˈdon̪de se ˈkompran las en̪ˈtraðas?]	Wo kann man Karten kaufen?
Las entradas para la Alhambra conviene comprarlas con mucha antelación.	[las en̪ˈtraðas ˈpara la aˈlambra komˈbjene komˈprarlas kom ˈmuʧa an̪telaˈθjon]	Eintrittskarten für die Alhambra sollte man lange im Voraus kaufen.
¿Dónde pueden adquirirse entradas anticipadas?	[¿ˈdon̪de ˈpweðen aðkiˈrirse en̪ˈtraðas an̪tiθiˈpaðas?]	Wo kann man Karten im Vorverkauf bekommen?
¿Dónde está la taquilla?	[¿ˈdon̪de esˈta la taˈkiɟa?]	Wo ist die Kasse?
¿Los niños pagan entrada?	[¿los ˈniɲos ˈpaɣan en̪ˈtraða?]	Zahlen Kinder Eintritt?
¿Hacen descuentos a estudiantes?	[¿ˈaθen̪ desˈkwen̪tos a estuˈðjan̪tes?]	Gibt es bei Ihnen Studentenrabatte?
¿Hay tarifas reducidas para los discapacitados?	[¿ai̯ taˈrifas rreðuˈθiðas ˈpara los ðiskapaθiˈtaðos?]	Gibt es ermäßigte Tarife für Menschen mit Behinderung?
¿Hacen descuentos para grupos?	[¿ˈaθen̪ desˈkwen̪tos ˈpara ˈɣrupos?]	Bieten Sie Gruppen-ermäßigungen an?
¿Hay descuentos para jubilados?	[¿ai̯ ðesˈkwen̪tos ˈpara xuβiˈlaðos?]	Gibt es Rabatte für Rentner?
¿A qué hora es la próxima sesión?	[¿a ke ˈora es la ˈproˠsima seˈsjon?]	Wann ist die nächste Vorstellung?
¿A qué hora comienza la función?	[¿a ke ˈora koˈmjen̪θa la fun̪ˈθjon?]	Wann beginnt die Aufführung?
¿Qué obra representan esta noche en el teatro?	[¿ke ˈoβra rrepreˈsen̪tan ˈesta ˈnoʧe en el teˈatro?]	Welches Stück wird heute Abend im Theater aufgeführt?
Dos entradas para esta noche, por favor.	[dos en̪ˈtraðas ˈpara ˈesta ˈnoʧe, por faˈβor]	Zwei Karten für heute Abend, bitte.
Quería dos localidades para la ópera.	[keˈria ðos lokaliˈðaðes ˈpara la ˈopera]	Ich hätte gern zwei Eintrittskarten für die Oper.

¿Quedan localidades en la primera o segunda fila?	[¿ˈkeðan lokaliˈðaðes en la priˈmera o seˈɣuṇda ˈfila?]	Gibt es noch Plätze in der ersten oder zweiten Reihe?
Cuatro entradas de palco, por favor.	[ˈkwatro eṇˈtraðas ðe ˈpalko, por faˈβor]	Vier Logenplätze, bitte.

QUEDAR VON ALGUIEN

Sich verabreden

¿Vamos hoy al cine? Es el día del espectador.	[¿ˈbamos oi̯ al̦ ˈθine? es el̦ ˈdia ðel espektaˈðor]	Gehen wir heute ins Kino? Es ist Kinotag.
¿Te gustan las películas de miedo?	[¿te ˈɣustan las peˈlikulas ðe ˈmjeðo?]	Magst du Gruselfilme?
Odio las comedias románticas.	[ˈoðjo las koˈmeðjas rroˈmaṇtikas]	Ich hasse romantische Komödien.
Mis favoritas son las pelis de acción en 3D.	[mis faβoˈritas son las ˈpelis ðe aᵞˈθjon en tres ðe]	Ich mag am liebsten 3D-Actionfilme.
¿Qué te ha parecido la película?	[¿ke te a pareˈθiðo la peˈlikula?]	Wie fandst du den Film?
La orquesta filarmónica de la ciudad interpreta a Beethoven en el ciclo *La Filarmónica Frente al Mar.*	[la orˈkesta filarˈmonika ðe la θjuˈðað iṇterˈpreta a βeˈtoβen en el ˈθiklo la filarˈmonika ˈfreṇte al mar]	Die städtische Philharmonie spielt Beethoven im Zyklus *La Filarmónica Frente al Mar.*
Este fin de semana hay un festival de jazz, ¿te interesa?	[ˈeste fiṇ de seˈmana ai̯ uɱ festiˈβal̦ de ɟas, ¿te iṇteˈresa?]	Dieses Wochenende gibt es ein Jazzfestival, hast du Interesse?
Esta tarde hay un concierto de rock en el auditorio municipal.	[ˈesta ˈtarðe ai̯ uŋ koṇˈθjerto ðe rrok en el auðiˈtorjo muniθiˈpal]	Heute Nachmittag findet in der Stadthalle ein Rockkonzert statt.
La apertura de puertas es a las diez.	[la aperˈtura de ˈpwertas es a las ðieθ]	Der Einlass ist um zehn.
Los teloneros empezarán a tocar a las once.	[los teloˈneros empeθaˈran a toˈkar a las ˈoṇθe]	Die Vorgruppe beginnt um elf Uhr zu spielen.

La banda principal no saldrá al escenario hasta después de las doce.	[la 'βan̪da prin̪θi'pal no sal̪'dra al esθe'narjo 'asta ðes'pwes ðe las 'ðoθe]	Die Hauptband wird erst nach Mitternacht auf die Bühne kommen.
Mi grupo favorito está de gira por Europa.	[mi 'ɣrupo faβo'rito es'ta de 'xira por eu̯'ropa]	Meine Lieblingsband tourt durch Europa.
En la casa okupa hay conciertos de punk todos los fines de semana.	[en la 'kasa o'kupa ai̯ kon̪'θjertos ðe punk 'toðos los 'fines ðe se'mana]	In dem besetzen Haus finden jedes Wochenende Punkkonzerte statt.

INFORMARSE

Sich informieren

¿A qué hora comienza la visita guiada del museo arqueológico?	[¿a ke 'ora ko'mjen̪θa la βi'sita ɣi'aða ðel mu'seo arkeo'loxiko?]	Um wie viel Uhr beginnt die Führung durch das archäologische Museum?
¿Hay también visitas guiadas en alemán?	[¿ai̯ tam'bjem bi'sitas ɣi'aðas en ale'man?]	Gibt es auch Führungen in deutscher Sprache?
¿Se ofrecen visitas guiadas por el museo para sordos/ciegos?	[¿se o'freθem bi'sitas ɣi'aðas por el mu'seo 'para 'sorðos/'θjeɣos?]	Werden vom Museum Führungen für Gehörlose/Blinde angeboten?
Hay un Museo Picasso en Málaga y otro en Barcelona.	[ai̯ um mu'seo pi'kaso em 'malaɣa i 'otro em barθe'lona]	Es gibt ein Picasso-Museum in Malaga und ein weiteres in Barcelona.

Me gustaría mucho visitar el Teatro-Museo Dalí.	[me ɣusta'ria βisi'tar el̪ te'atro-mu'seo da'li]	Ich würde sehr gerne das Theatermuseum Dalí besuchen.
¿Está permitido hacer fotos?	[¿es'ta permi'tiðo a'θer 'fotos?]	Ist es erlaubt, Fotos zu machen?
¿Hasta qué hora se puede visitar la exposición?	[¿'asta ke 'ora se 'pweðe βisi'tar la esposi'θjon?]	Bis wie viel Uhr kann man die Ausstellung besuchen?
¿Hasta qué hora está abierta la galería?	[¿'asta ke 'ora es'ta a'βjerta la ɣale'ria?]	Bis wann ist die Galerie geöffnet?
Entre las exposiciones temporales, hay una de bonsáis y un mariposario.	['en̪tre las esposi'θjones tempo'rales, ai̯ 'una de bon'sai̯s i um maripo'sarjo]	Bei den Wechselausstellungen gibt es eine über Bonsais und eine über Schmetterlinge.

DURANTE LA FUNCIÓN

Während der Vorstellung

¡Silencio, que ya empieza!	[¡si'len̪θjo, ke ɟa em'pjeθa!]	Ruhe, es geht los!
Una vez que cierran las puertas, ya no dejan entrar a nadie a la sala.	['una βeθ ke 'θjerran las 'pwertas, ɟa no 'ðexan en̪'trar a 'naðje a la 'sala]	Sobald die Türen verschlossen sind, wird niemand mehr in den Saal gelassen.

VISITA AL MUSEO

Museumsbesuch

Buenas tardes.
¿Los niños pagan entrada?

Guten Tag.
Müssen Kinder Eintritt zahlen?

Depende,
¿qué edad tienen?

Das kommt darauf an,
wie alt sie sind.

La niña tiene once y el niño, cinco.

Das Mädchen ist elf und der Junge fünf.

En ese caso, el niño entra gratis y la niña tiene un descuento del 50 %.

In diesem Fall hat der Junge freien Eintritt und das Mädchen bekommt 50 % Ermäßigung.

De acuerdo,
¿cuánto es en total?

Gut, wie viel macht
das insgesamt?

¿Van a querer la audioguía?
Tiene un suplemento de un euro por persona.

Möchten Sie den Audioguide?
Der Aufpreis beträgt einen Euro pro Person.

No, gracias, solo las entradas.

Nein, danke, nur die Eintrittskarten.

Son quince euros justos.

Das sind genau fünfzehn Euro.

TR. 21

UN MUSICAL PARA TODA LA FAMILIA

Ein Musical für die ganze Familie

Hola.
¿Quedan entradas para El Rey León?

Hallo, gibt es noch Karten für den „König der Löwen"?

Las entradas para hoy están agotadas, pero todavía quedan algunas para mañana.

Die Karten für heute sind ausverkauft, aber es gibt noch welche für morgen.

Bueno.
¿Qué precio tienen?

Gut.
Wie sind die Preise?

Son 18,50 € en el patio de butacas y 14 € en el anfiteatro, aunque esas pueden tener visibilidad reducida.

18,50 € fürs Parkett und 14 € für die Ränge, allerdings kann die Sicht dort eingeschränkt sein.

Preferimos el patio de butacas entonces.
¿Quedan en las primeras filas?

Dann möchten wir lieber welche fürs Parkett.
Gibt es noch Plätze in den ersten Reihen?

Para sentarse juntos los cuatro,
las más cercanas al escenario serían en la quinta fila.

Wenn Sie zu viert zusammensitzen möchten,
wäre die fünfte Reihe am nächsten zur Bühne.

La quinta fila no está mal.

Die fünfte Reihe ist nicht schlecht.

GUT ZU WISSEN!

! Wenn es um Shows und Events geht, denken viele Reisende, dass ein Stierkampf während eines Spanienbesuchs ein Muss ist. Die Realität ist, dass der Stierkampf ein Spektakel ist, das bei der Bevölkerung eher für Aufsehen als für Begeisterung sorgt. Die meisten Menschen in Spanien haben noch nie einen Stierkampf erlebt. Darüber hinaus ist es ein Thema, das große Kontroversen hervorruft, bei denen auf der einen Seite die **taurinos** (*Stierkämpfer*) stehen und die Meinung vertreten, dass es sich um eine wichtige Tradition der spanischen Kultur handle, die es aufrechtzuerhalten gelte, auf der anderen Seite die **antitaurinos** (*Stierkampfgegner*), die diese Praxis verbieten wollen, weil sie sie für Tierquälerei halten. Die Entscheidung, ob Sie gehen möchten oder nicht, liegt also bei Ihnen.

! Generell sind Filme und Musikshows im spanischsprachigen Raum günstiger als im deutschsprachigen. Außerdem ist in den spanischen Kinos der Mittwoch (außer an Feiertagen) der „Tag der Zuschauer" (Kinotag) und die Eintrittskarte kostet in fast allen Kinos zwischen 4 und 5 Euro. Aber stellen Sie sich darauf ein den Film auf Spanisch und ohne Untertitel zu sehen, da es kaum Vorführungen in der Originalfassung mit Untertiteln gibt und alle fremdsprachigen Filme, die in spanischen Kinos gezeigt werden, auf Spanisch synchronisiert sind.

AUFGEPASST:
Falsche Freunde!

Auch wenn **espectáculo** auch *Spektakel* heißen kann, handelt es sich in den meisten Zusammenhängen um ein *Schauspiel* oder eine *Show* und bei einem **espectáculo deportivo** um eine Sportveranstaltung.
Man sollte auch nicht den Fehler machen und einen **dirigente** (*Leiter(in), Führer(in), Manager(in)*) mit einem **director(a) de una orquesta** (*Dirigent(in)*) verwechseln.

ETAPPENSIEG!

Heute waren wir eher passiv und haben zugeschaut, doch wie wäre es, wenn wir morgen eine aktivere Rolle übernehmen und ein wenig Sport treiben? Die Möglichkeiten sind nahezu unbegrenzt, daher versuchen wir im nächsten Kapitel, in die Gänge zu kommen.

13

Voll fit! – Alles für den **Aktivurlaub**

Was machen Sie am liebsten:
Mannschaftssport, Laufen, in die Natur gehen – oder Sportereignisse von der Tribüne oder vom Sofa aus verfolgen?

Je nach Jahreszeit kann es auch Wassersport oder Wintersport sein.

Machen Sie sich bereit, wir haben heute einen anstrengenden Tag!

DEPORTES

		Sportarten
el alpinismo	[alpiˈnismo]	das Bergsteigen
el automovilismo	[au̯tomoβiˈlismo]	der Rennsport
el bádminton	[ˈbaðmin̪ton]	das Badminton
el ciclismo	[θiˈklismo]	das Radfahren
los deportes acuáticos	[deˈportes aˈkwatikos]	der Wassersport
los deportes de equipo	[deˈportes ðe eˈkipo]	der Mannschaftssport
los deportes de invierno	[deˈportes ðe imˈbjerno]	der Wintersport
los deportes de riesgo	[deˈportes ðe ˈrrjesɣo]	die Risikosportarten
la equitación	[ekitaˈθjon]	das Reiten
la escalada	[eskaˈlaða]	das Klettern
el esquí	[esˈki]	der Skisport
el footing (o jogging)	[ˈfutin (o ˈɟoɣin)]	das Laufen (oder Joggen)
el fútbol	[ˈfuðβol]	der Fußball
la gimnasia	[ximˈnasja]	die Gymnastik
el kitesurf	[ˈkai̯tsurf]	das Kitesurfen
el motociclismo	[motoθiˈklismo]	der Motorradsport
la natación	[nataˈθjon]	das Schwimmen
el pádel surf	[ˈpaðel surf]	das Stehpaddeln
el paracaidismo	[parakai̯ˈðismo]	das Fallschirmspringen
el parapente	[paraˈpen̪te]	das Gleitschirmfliegen
el patinaje	[patiˈnaxe]	das Rollschuhlaufen, das Schlittschuhlaufen
el pimpón (o el tenis de mesa)	[pimˈpon (o ˈtenis ðe ˈmesa)]	das Pingpong (oder Tischtennis)
el piragüismo	[piraˈɣwismo]	der Kanusport
el rafting (o el descenso de ríos)	[ˈrraftin (o desˈθenso ðe ˈrrios]	das Rafting
el senderismo (o el trekking)	[sen̪deˈrismo (o ˈtrekin)]	das Wandern (oder Trekking)

el snow(boarding)	[es'nou̯('βorðin)]	das Snowboarden
el submarinismo	[suβmari'nismo]	das Tauchen
el surf	[surf]	das Surfen
el tenis	['tenis]	das Tennis
la vela	['bela]	das Segel
el voleibol	[bolei̯'βol]	der Volleyball
el voleiplaya	[bolei̯'plaɟa]	der Beachvolleyball
el waterpolo	[water'polo]	der Wasserball
el windsurf	['win̩dsurf]	das Windsurfen
el yoga	['ɟoɣa]	das Yoga
las aletas	[a'letas]	die Flossen
el balón	[ba'lon]	der Ball
el bate	['bate]	der Schläger
la botella de aire comprimido	[bo'teɟa ðe 'ai̯re kompri'miðo]	die Druckluftflasche
el campo deportivo (o la cancha)	['kampo ðepor'tiβo (o 'kanʧa)]	der Sportplatz (oder das Spielfeld)
la canasta	[ka'nasta]	der Korb
la canoa (o la piragua)	[ka'noa (o pi'raɣwa)]	das Kanu
los esquíes	[es'kies]	die Skier
las gafas de buceo	['gafas ðe βu'θeo]	die Taucherbrille
los guantes	['gwan̩tes]	die Handschuhe
los patines	[pa'tines]	die Roll- /Schlittschuhe
la pelota	[pe'lota]	der Ball
las pesas	['pesas]	die Gewichte
la portería	[porte'ria]	das (Fußball)tor
la raqueta	[rra'keta]	der Schläger
la red	[rreð]	das Netz
el remo	['rremo]	das Ruder
el traje de neopreno	['traxe ðe neo'preno]	der Neoprenanzug

INFORMARSE

		Sich informieren
¿El precio del curso incluye el alquiler de todo el material?	[¿el ˈpreθjo ðel ˈkurso iŋˈkluɟe el alkiˈler ðe ˈtoðo el mateˈrjal?]	Ist im Kurspreis die Miete der gesamten Ausrüstung enthalten?
¿Hay algún campo de golf cerca de aquí?	[¿ai̯ alˈɣuŋ ˈkampo ðe ɣolf ˈθerka ðe aˈki?]	Gibt es hier einen Golfplatz in der Nähe?
¿Se pueden alquilar las raquetas y algunas pelotas?	[¿se ˈpweðen alkiˈlar las rraˈketas i alˈɣunas peˈlotas?]	Kann man hier Schläger und Bälle leihen?
¿Qué actividades deportivas ofrece el hotel?	[¿ke aktiβiˈðaðes ðeporˈtiβas oˈfreθe el oˈtel?]	Welche sportlichen Aktivitäten bietet das Hotel an?
¿Qué instalaciones deportivas tiene el camping?	[¿ke instalaˈθjones ðeporˈtiβas ˈtjene el ˈkampin?]	Welche Sportanlagen gibt es auf dem Campingplatz?
¿Hay alguna salida programada para mañana?	[¿ai̯ alˈɣuna saˈliða proɣraˈmaða ˈpara maˈɲana?]	Ist für morgen ein Ausflug geplant?
¿Las tablas de snow se alquilan por horas, también?	[¿las ˈtaβlas ðe esˈnou̯ se alˈkilam por ˈoras, tamˈbjen?]	Kann man Snowboardbretter hier auch stundenweise mieten?
¿Qué opciones de senderismo hay por aquí?	[¿ke oβˈθjones ðe sen̪deˈrismo ai̯ por aˈki?]	Welche Wandermöglichkeiten gibt es hier?
¿Cuánto cuesta alquilar una bici de montaña por un día?	[¿ˈkwan̪to ˈkwesta alkiˈlar ˈuna ˈβiθi ðe monˈtaɲa por un̪ ˈdia?]	Wie viel kostet es, ein Mountainbike für einen Tag zu mieten?
¿Hay que depositar una fianza?	[¿ai̯ ke ðeposiˈtar ˈuna fiˈan̪θa?]	Muss eine Kaution hinterlegt werden?
He oído que el parapente es una de las actividades que se pueden practicar en la zona.	[e oˈiðo ke el paraˈpen̪te es ˈuna ðe las aktiˈβiðaðes ke se ˈpweðem praktiˈkar en la ˈθona]	Ich habe gehört, dass Gleitschirmfliegen zu den Aktivitäten gehört, die man hier in der Gegend ausüben kann.

SOCIABILIZAR

		Kontakte pflegen und knüpfen
Vamos a ver el partido en el bar, ¿os venís?	[ˈbamos a βer el parˈtiðo en el βar, ¿os βeˈnis?]	Wir schauen uns das Spiel in der Kneipe an, kommt ihr mit?
Tenemos entradas para el partido del sábado.	[teˈnemos en̪ˈtraðas ˈpara el parˈtiðo ðel ˈsaβaðo]	Wir haben Karten für das Spiel am Samstag.
Estamos buscando gente para jugar un partido de voleiplaya. ¿Te apuntas?	[esˈtamos βusˈkan̪do ˈxen̪te ˈpara xuˈɣar um parˈtiðo ðe βolei̯ˈplaɟa. ¿te aˈpun̪tas]	Wir suchen noch Leute für ein Beachvolleyballspiel. Bist du dabei?
¿Puedo jugar al fútbol con vosotros?	[¿ˈpweðo xuˈɣar al ˈfuðβol kom boˈsotros?]	Kann ich mit euch Fußball spielen?
Te toca sacar a ti.	[te ˈtoka saˈkar a ti]	Du bist dran aufzuschlagen.
¡Qué golazo!	[¡ke ɣoˈlaθo!]	Was für ein Traumtor!
¿Quién va ganando?	[¿kjem ba ɣaˈnan̪do?]	Wer gewinnt?
Vamos siete a once para nosotros.	[ˈbamos ˈsjete a ˈon̪θe ˈpara noˈsotros]	Es steht sieben zu elf für uns.
Hemos empatado.	[ˈemos empaˈtaðo]	Wir haben unentschieden gespielt.
¡Equipo, vamos a por todas!	[¡eˈkipo, βamos a por ˈtoðas!]	Los geht's, Leute!
Lo importante es participar.	[lo imporˈtan̪te es partiˈθiˈpar]	Dabeisein ist alles.
¡Ánimo, campeona!	[¡ˈanimo, kampeˈona!]	Nur zu, du schaffst das!
Vamos a participar en la carrera contra el cáncer.	[ˈbamos a partiθiˈpar en la kaˈrrera ˈkon̪tra el ˈkan̪θer]	Wir werden am Wettlauf gegen den Krebs teilnehmen.

Hay varios clubes de buceo porque los fondos marinos son formidables.	[ai̯ ˈβarjos ˈkluβes ðe βuˈθeo ˈporke los ˈfon̪dos maˈrinos soɱ formiˈðaβles]	Es gibt mehrere Tauchclubs, weil der Meeresboden so faszinierend ist.
En mi país juego al balonmano.	[em mi paˈis ˈxweɣo al βalomˈmano]	In meinem Land spiele ich Handball.
Practico boxeo y artes marciales como hobby.	[prakˈtiko βoˠˈseo i ˈartes marˈθjales ˈkomo ˈxoβi]	Meine Hobbys sind Boxen und Kampfsport.
Me gusta empezar el día con un poco de yoga en la playa.	[me ˈɣusta empeˈθar el̪ ˈdia kon um ˈpoko ðe ˈɟoɣa en la ˈplaɟa]	Ich beginne den Tag gerne mit ein wenig Yoga am Strand.
No voy al gimnasio, pero salgo a correr casi todos los días.	[no βoi̯ al ximˈnasjo, ˈpero ˈsalɣo a koˈrrer ˈkasi ˈtoðos los ˈðias]	Ich bin nicht im Fitnessstudio, aber ich gehe fast jeden Tag laufen.
El rafting es muy emocionante.	[el ˈrraftin es mwi emoθjoˈnan̪te]	Rafting ist sehr aufregend.
¡Ojalá me hubiera traído mi equipo de escalada!	[¡oxaˈla me uˈβjera traˈiðo mi eˈkipo ðe eskaˈlaða!]	Ich wünschte, ich hätte meine Kletterausrüstung mitgebracht!

APUNTARSE, RESERVAR

		Sich anmelden, reservieren
Nos gustaría reservar la pista de pádel de seis a ocho.	[nos ɣustaˈria rreserˈβar la ˈpista ðe ˈpaðel̩ de sei̯s a ˈotʃo]	Wir möchten den Paddle-Tennisplatz von sechs bis acht Uhr reservieren.
Quisiera alquilar una canoa de dos plazas por tres horas.	[kiˈsjera alkiˈlar ˈuna kaˈnoa ðe ðos ˈplaθas por tres ˈoras]	Ich würde gerne ein Zweierkanu für drei Stunden mieten.
Estoy interesada en apuntarme al curso de kitesurf para principiantes.	[esˈtoi̯ in̪tereˈsaða en apun̪ˈtarme al ˈkurso ðe ˈkai̯tsurf ˈpara prin̪θiˈpjan̪tes]	Ich bin daran interessiert, mich für den Kitesurf-Anfängerkurs anzumelden.
Me gustaría alquilar unos esquíes y unas botas de esquí para todo el día. Sin bastones, gracias.	[me ɣustaˈria alkiˈlar ˈunos esˈkies i ˈunas ˈβotas ðe esˈki ˈpara ˈtoðo el̩ ˈdia. sim basˈtones, ˈɣraθjas]	Ich würde gerne ein Paar Skier und Skischuhe für den ganzen Tag mieten. Ohne Stöcke, danke.
Queremos participar en la inmersión de submarinismo de esta tarde.	[keˈremos partiˈθipar en la immerˈsjon̪ de suβmariˈnismo ðe ˈesta ˈtarðe]	Wir wollen heute Nachmittag am Tauchen teilnehmen.
Somos principiantes.	[ˈsomos prin̪θiˈpjan̪tes]	Wir sind Anfänger.
Tengo un nivel intermedio.	[ˈteŋgo un niˈβel in̪terˈmeðjo]	Ich habe mittleres Niveau.
Quiero apuntarme al curso de nivel avanzado.	[ˈkjero apun̪ˈtarme al ˈkurso ðe niˈβel aβan̪ˈθaðo]	Ich möchte mich für den Fortgeschrittenenkurs anmelden.

TR. 22

PÁDEL SURF PARA PRINCIPIANTES

Stehpaddeln für Anfänger

Me gustaría probar el pádel surf.

Ich würde gern Stehpaddeln ausprobieren.

Es un día perfecto para aprender: prácticamente no hay olas.

Das ist ein perfekter Tag zum Üben: Es gibt so gut wie keine Wellen.

¡Qué bien! ¿Cuánto cuesta alquilar la tabla y el remo?

Sehr gut! Wie viel kostet es, ein Board und ein Paddel zu mieten?

Para la primera vez recomiendo la clase de iniciación. Cuesta 30 €, con el equipo incluido.

Für das erste Mal empfehle ich den Anfängerkurs. Er kostet 30 €, Ausrüstung inklusive.

Pues te voy a hacer caso.
Me apunto a la clase.

Dann mache ich das so.
Ich melde mich für den Kurs an.

Estupendo.
También hacemos salidas grupales para visitar los mejores rincones de la zona.

Großartig.
Wir machen auch Gruppenausflüge, um die schönsten Ecken der Gegend zu erkunden.

Gracias por la información.

Danke für die Information.

¿QUIÉN QUIERE JUGAR?

Wer möchte spielen?

Nos falta una persona para jugar al vóley. ¿Alguien se anima?

Uns fehlt eine Person, um Volleyball zu spielen. Hat jemand Lust dazu?

A mí me encantaría, pero no juego muy bien.

Ich würde gern, aber ich spiele nicht sehr gut.

No pasa nada, solo jugamos para divertirnos.

Das macht nichts, wir spielen nur zum Spaß.

¡Vale, me uno!

Na gut, ich bin dabei!

¡Bienvenida al equipo!
Empiezas sacando.
Toma la pelota.

Willkommen im Team!
Du beginnst mit dem Aufschlag.
Nimm den Ball.

¡Ahí voy!

Ich leg los!

¡Halaaa! ¡Qué birria de saque!

Hey! Was für ein mieser Aufschlag!

¡Ja, ja, ja! Estabas advertido.

Ha ha ha! Ich habe dich gewarnt.

GUT ZU WISSEN!

! In den meisten Teilen Spaniens ist das Klima im Sommer sehr, sehr trocken, daher ist die Gefahr von Waldbränden sehr groß. Wenn Sie ins Freie (und auch an den Strand) gehen, denken Sie daran, dass es strengstens verboten ist, Feuer zu machen. Es ist auch verboten, Zigarettenkippen auf den Boden (oder aus dem Fenster des Autos) zu werfen und Glasgegenstände zurückzulassen, die, in Kombination mit der Sonne, ebenfalls Brände verursachen können. Zudem sollten Sie niemals Kinder oder Haustiere in einem in der Sonne geparkten Auto zurücklassen, da sie an der Hitze sterben könnten. Die Sonne ist wunderbar, aber sie kann auch gefährlich sein!

! Dank seiner fast sechstausend Kilometer langen Küste ist Spanien ein Paradies für Wassersport. Je nachdem, welche Sportart Sie ausüben möchten, sollten Sie Ihr Ziel jedoch gut auswählen. Im Allgemeinen hat die Mittelmeerküste ruhiges Wasser und ist ideal zum Schwimmen oder Tauchen und zum Paddel-Surfen und Rudern. Wenn Sie hingegen das Ziel haben, Surfen oder Kitesurfen zu praktizieren, wählen Sie ein Ziel, wo der Wind stärker weht und die Wellen größer sind, wie z. B. die kantabrische Küste, Cádiz oder die Kanarischen Inseln. Die bekanntesten Strände unter Surfern sind Tarifa (im Süden) für seine großen Wellen und Mudaka (im Norden) für seine berühmte linke Welle.

AUFGEPASST:
Falsche Freunde!

Ist in Spanien oder Lateinamerika **alpinismo** (*Bergsteigen*) möglich? Die Antwort lautet ja, denn auf Spanisch gilt der Aufstieg zu einem beliebigen hohen Berg als **alpinismo**, und er muss nicht unbedingt im Gebirgszug der Alpen liegen. Übrigens wird in Lateinamerika häufiger der Begriff **andinismo** verwendet, was der Aufstieg in die Anden oder ein anderes Hochgebirge wäre. Denken Sie auch daran, dass in spanischsprachigen Ländern Menschen ins **gimnasio** gehen, um sich zu bewegen – und nicht, um zu lernen.

ETAPPEN**SIEG!**

Inzwischen haben Sie die Kunst der Konversation auf Spanisch in verschiedenen Kontexten und Situationen gemeistert.
Im letzten Kapitel finden Sie Vokabeln, Dialoge und nützliche Wendungen für den Fall, dass Sie nicht vor Ort sein können und sich aus der Ferne per Telefon, E-Mail oder Chat unterhalten müssen.

14

Anrufen, kontaktieren – **moderne Kommunikation**

In diesem Kapitel werden wir mit Vokabeln, Ausdrücken und Redewendungen arbeiten, die Ihnen bei Telefonanrufen, Chats und dem Austausch von E-Mails nützlich sein können.

COMUNICACIÓN

COMUNICACIÓN		Kommunikation
el altavoz	[al̪ta'βoθ]	der Lautsprecher
la aplicación de mensajería instantánea	[aplika'θjon̪ de mensaxe'ria instan̪'tanea]	die Instant-Messaging-App
la app (o la aplicación)	[ap (o aplika'θjon)]	die App
el auricular	[au̯riku'lar]	das Headset
el aviso (o la notificación)	[a'βiso (o notifika'θjon)]	die Mitteilung (oder Benachrichtigung)
la bandeja de entrada	[ban̪'dexa ðe en̪'traða]	der Posteingang
el buzón de voz (o el contestador)	[bu'θon̪ de βoθ (o kon̪testa'ðor)]	die Voicemail (oder Mobilbox)
la cobertura	[koβer'tura]	die (Netz)abdeckung
el contrato de telefonía	[kon̪'trato ðe telefo'nia]	der Telefonvertrag
el corrector ortográfico	[korrek'tor orto'ɣrafiko]	das Rechtschreibprogramm
el destinatario / la destinataria	[destina'tarjo / destina'tarja]	der Empfänger / die Empfängerin
el documento adjunto	[doku'men̪to að'xun̪to]	das angehängte Dokument
el email	[i'mei̯l]	die E-Mail
el emoji	[e'moɟi]	das Emoji
el emoticono (o el emoticón)	[emoti'kono (o emoti'kon)]	das Emoticon
el enlace	[en'laθe]	der Link
el giga (o gigabyte)	['xiɣa (o xiɣa'βai̯t)]	das Gigabyte
la línea	['linea]	die Leitung
la llamada de emergencia	[ɟa'maða ðe emer'xen̪θja]	der Notruf
la llamada perdida	[ɟa'maða per'ðiða]	der verpasste Anruf
el manos libres	['manos 'liβres]	die Freisprecheinrichtung
el mensaje de texto	[men'saxe ðe 'teˠsto]	die Textnachricht
el mensaje de voz	[men'saxe ðe βoθ]	die Sprachnachricht
el precio por minuto	['preθjo por mi'nuto]	der Preis pro Minute

el prefijo (telefónico)	[pre'fixo (tele'foniko)]	die Vorwahl(nummer)
la red móvil	[rreð 'moβil]	das Mobilfunknetz
la red social	[rreð so'θjal]	das soziale Netzwerk
el/la remitente	[rremi'ten̪te]	der Absender / die Absenderin
el SMS	[eseme'ese]	die SMS
el spam (o el correo basura)	[es'pam (o ko'rreo βa'sura)]	die Spammail
la tarifa de datos	[ta'rifa ðe 'ðatos]	der Datentarif
la tarifa plana	[ta'rifa 'plana]	die Flatrate
la tarjeta de prepago	[tar'xeta ðe pre'paɣo]	die Prepaid-Karte
la (tarjeta) sim	[(tar'xeta) sim]	die (SIM-)Karte
la telefonía móvil	[telefo'nia 'moβil]	der Mobilfunk
el (teléfono) fijo	[(te'lefono) 'fixo]	das Festnetz
el (teléfono) móvil	[(te'lefono) 'moβil]	das Handy
el tono de llamada	['tono ðe ʝa'maða]	der Klingelton
la videollamada	[biðeoʝa'maða]	der Videoanruf
el/la wifi	['wifi]	das WLAN
responder (o contestar)	[rrespon̪'der (o kon̪tes'tar)]	antworten
cancelar	[kan̪θe'lar]	abbrechen
chatear	[ʧate'ar]	chatten
colgar	[kol'ɣar]	auflegen, posten
devolver la llamada	[deβol'βer la ʝa'maða]	zurückrufen
escuchar un mensaje (de voz)	[esku'ʧar um men'saxe (ðe βoθ)]	eine (Sprach)nachricht abhören
leer un mensaje	[le'er um men'saxe]	eine Nachricht lesen
llamar por teléfono	[ʝa'mar por te'lefono]	einen Anruf tätigen
mensajear	[mensaxe'ar]	eine Nachricht schicken
rechazar una llamada	[rreʧa'θar 'una ʝa'maða]	einen Anruf ablehnen
wasapear	[(g)wasape'ar]	whatsappen

INDICAR EL MOTIVO DE LA LLAMADA		**Den Grund für den Anruf angeben**
Hola, soy Anna, quedé en llamar hoy para confirmar el alojamiento.	[ˈola, soi̯ ana, keˈðe en ɟaˈmar oi̯ ˈpara komɱfirˈmar el aloxaˈmjen̪to]	Hallo, hier ist Anna, ich rufe an, um die Unterkunft zu bestätigen.
Buenos días, llamo por el anuncio del piso en alquiler.	[ˈbwenos ˈðias, ˈɟamo por el aˈnun̪θjo ðel ˈpiso en alkiˈler]	Guten Tag, ich rufe wegen der Anzeige mit der Mietwohnung an.
Buenas tardes, le llamo porque he visto que necesitan personal en su restaurante.	[ˈbwenas ˈtardes, le ˈɟamo ˈporke e ˈβisto ke neθeˈsitam persoˈnal en su rrestau̯ˈran̪te]	Guten Tag, ich rufe an, weil ich gesehen habe, dass Sie Personal für Ihr Restaurant suchen.
Buenas. Estuve alojada en su hotel y me dejé allí unas gafas olvidadas.	[ˈbwenas. esˈtuβe aloˈxaða en su oˈtel i me ðeˈxe aˈɟi ˈunas ˈɣafas olβiˈðaðas]	Guten Tag, ich war zu Gast bei Ihnen im Hotel und habe dort meine Brille vergessen.
Hola, soy Lukas. Nos conocimos en la fiesta del sábado pasado.	[ˈola, soi̯ ˈlukas. nos konoˈθimos en la ˈfjesta ðel ˈsaβaðo paˈsaðo]	Hi, ich bin Lukas. Wir haben uns letzten Samstag auf der Party kennengelernt.
Hola, quería pedir información y precios sobre los cursos que organizan.	[ˈola, keˈria peˈðir iɱformaˈθjon i ˈpreθjos ˈsoβre los ˈkursos ke orɣaˈniθan]	Hallo, ich wollte nach Informationen und Preisen zu den von Ihnen organisierten Kursen fragen.
Hola, soy Silke, la hermana de Klaus. ¿A qué hora puedo pasarme a recoger los libros?	[ˈola, soi̯ ˈsilke, la erˈmana ðe klau̯s. ¿a ke ˈora ˈpweðo paˈsarme a rrekoˈxer los ˈliβros?]	Hallo, ich bin Silke, die Schwester von Klaus. Wann kann ich die Bücher abholen?
Buenos días, ¿me puede pasar con el departamento de calidad?	[ˈbwenos ˈðias, ¿me ˈpweðe paˈsar kon el̪ departaˈmen̪to ðe kaliˈðað?]	Guten Tag, können Sie mich zum Qualitätswesen durchstellen?

CONTESTAR EL TELÉFONO

Einen Anruf annehmen

Diga/Dígame.	[ˈdiɣa/ˈdiɣame]	Hallo?
Sí, ¿quién es?	[si, ¿kjen es?]	Ja, wer ist da?

TERMINAR LA CONVERSACIÓN TELEFÓNICA

Das Telefonat beenden

Lo siento, ahora mismo voy conduciendo y no puedo atenderle.	[lo ˈsjen̪to, aˈora ˈmismo βoi̯ kon̪duˈθjen̪do i no ˈpweðo aten̪ˈderle]	Es tut mir leid, ich fahre gerade und ich kann mich nicht um Sie kümmern.
Disculpe, voy a tener que dejarle. Si lo desea, puede volver a llamar en otro momento.	[disˈkulpe, βoi̯ a teˈner ke ðeˈxarle. si lo deˈsea, ˈpweðe βolˈβer a ɟaˈmar en ˈotro moˈmen̪to]	Entschuldigung, ich muss jetzt aufhören. Wenn Sie möchten, können Sie mich zu einem späteren Zeitpunkt noch einmal anrufen.
Oye, tengo que dejarte ya. Te llamo más tarde.	[ˈoɟe, ˈteŋgo ke ðeˈxarte ɟa. te ˈɟamo mas ˈtarðe]	Hör mal, ich muss jetzt aufhören. Ich rufe dich später an.
Gracias, pero no me interesa.	[ˈgraθjas, ˈpero no me in̪teˈresa]	Danke, aber ich bin nicht interessiert.
Gracias por la información. Una cosa más: ¿hasta qué hora está abierta la tienda?	[ˈgraθjas por la iɱformaˈθjon. ˈuna ˈkosa mas: ¿ˈasta ke ˈora esˈta aˈβjerta la ˈtjen̪da?]	Danke für die Informationen. Noch eine Frage: Bis wann ist das Geschäft geöffnet?
Creo que me he equivocado de número.	[ˈkreo ke me e ekiβoˈkaðo ðe ˈnumero]	Ich glaube, ich habe mich in der Nummer geirrt.

CONFIRMAR LA ESCUCHA — Das Gehörte bestätigen

Sí.	[si]	Ja.
Ajá.	[a'xa]	Aha.
Vale.	['bale]	Einverstanden.
Entiendo.	[eṇ'tjeṇdo]	Ich verstehe.
¿Cómo dice? Se oye muy entrecortado.	[¿'komo 'ðiθe? se 'oʝe mwi eṇtrekor'taðo]	Was haben Sie gesagt? Ich höre Sie nur ganz abgehackt.
¿Puede repetir, por favor?	[¿'pweðe rrepe'tir, por fa'βor?]	Können Sie das bitte wiederholen?
¿Puede hablar un poquito más despacio?	[¿'pweðe a'βlar um po'kito mas ðes'paθjo?]	Können Sie etwas langsamer sprechen?
¿Me lo puede deletrear?	[¿me lo 'pweðe ðeletre'ar?]	Können Sie es mir buchstabieren?

POR EMAIL — Per E-Mail

Estimada Dra. Carmen:	[esti'maða ðok'tora 'karmen]	Sehr geehrte Frau Dr. Carmen,
Querido Pablo:	[ke'riðo 'paβlo]	Lieber Pablo,
¡Hola, Chari!	[i'ola, 'ʧari!]	Hallo, Chari!
Confío en que todo se solucione lo antes posible.	[koɱ'fio eŋ ke 'toðo se solu'θjone lo 'aṇtes po'siβle]	Ich vertraue darauf, dass alles so schnell wie möglich geregelt wird.
Quedo a la espera de respuesta por su parte.	['keðo a la es'pera ðe rres'pwesta por su 'parte]	Ich freue mich darauf, von Ihnen zu hören.
Atentamente, Anna Astor	[ateṇta'meṇte, 'ana 'astor]	Mit freundlichen Grüßen, Anna Astor
Saludos, Thomas	[sa'luðos, 'tomas]	Viele Grüße, Thomas
Besos, Eva	['besos, 'eβa]	Küsschen, Eva

DESPEDIRSE

		Sich verabschieden
De acuerdo, pues en eso quedamos.	[de aˈkjerðo, pwes en ˈeso keˈðamos]	Einverstanden, dann ist es abgemacht.
Vale, muchas gracias por atenderme.	[ˈbale, ˈmuʧas ˈgraθjas por ateṇˈderme]	OK, vielen Dank, dass Sie mir zugehört haben.
Pues creo que eso era todo.	[pwes ˈkreo ke ˈeso ˈera ˈtoðo]	Nun, ich denke, das war alles.
Bien, lo he apuntado todo. Me lo pienso y te digo algo.	[bjen, lo e apuṇˈtaðo ˈtoðo. me lo ˈpjenso i te ˈðiɣo ˈalɣo]	Gut, ich habe alles notiert. Ich denke darüber nach und sage dir dann Bescheid.
Gracias por su llamada, hasta la semana que viene.	[ˈgraθjas por su ɟaˈmaða, ˈasta la seˈmana ke ˈβjene]	Vielen Dank für Ihren Anruf, bis nächste Woche.
Muy bien, pues el lunes nos vemos entonces.	[mwi βjen, pwes el ˈlunes nos ˈβemos eṇˈtoṇθes]	Sehr gut, wir sehen uns dann am Montag.
Gracias por atenderme, adiós.	[ˈgraθjas por ateṇˈderme, aˈðjos]	Danke fürs Zuhören, tschüss.
De acuerdo, la semana que viene hablamos otra vez y ya concretamos.	[de aˈkwerðo, la seˈmana ke ˈβjene aˈβlamos ˈotra βeθ i ɟa koŋkreˈtamos]	Okay, nächste Woche reden wir noch mal und werden es konkretisieren.
Le oigo muy mal, voy a cortar.	[le ˈoi̯ɣo mwi mal, βoi̯ a korˈtar]	Ich höre Sie sehr schlecht, ich muss abbrechen.
Voy a colgar, que no te oigo nada.	[boi̯ a kolˈɣar, ke no te ˈoi̯ɣo ˈnaða]	Ich werde auflegen, ich kann dich überhaupt nicht hören.
Hasta mañana entonces.	[ˈasta maˈɲana eṇˈtoṇθes]	Bis morgen dann.
¡Un beso, hasta pronto!	[¡um ˈbeso, ˈasta ˈproṇto!]	Küsschen, bis bald!

LLAMADA AL HOTEL

Anruf im Hotel

Hotel Costamar, dígame.

Hotel Costamar, hallo.

Hola, buenas tardes.
Estuve alojada en el hotel la semana pasada y me dejé unas gafas olvidadas en la habitación.

Hallo, guten Tag.
Ich habe letzte Woche bei Ihnen im Hotel übernachtet und meine Brille im Zimmer vergessen.

Indíqueme, si es tan amable, su nombre y un número de teléfono de contacto.

Bitte geben Sie mir Ihren Namen und eine Kontakttelefonnummer, wenn Sie so freundlich wären.

Mi nombre es Hanna Göbel.

Mein Name ist Hanna Göbel.

¿Con hache?

Mit H?

Sí, con hache y doble ene.
Mi teléfono es el 179555555, con prefijo de Alemania: 0049.

Ja, mit H und Doppel-n.
Meine Telefonnummer ist 179555555, mit der deutschen Vorwahl 0049.

De acuerdo.
Lo consulto con el resto del personal y, si aparecen las gafas, nos pondremos en contacto con usted.

Alles klar.
Ich erkundige mich bei den anderen Angestellten, und wenn die Brille auftaucht, kontaktieren wir Sie.

Muchas gracias.
Espero su llamada, adiós.

Vielen Dank.
Ich warte dann auf Ihren Anruf, auf Wiederhören.

LA INOCENTADA

Der Scherz

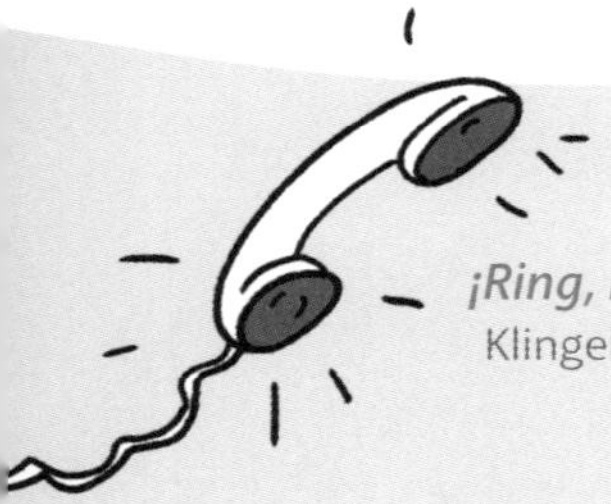

¡Ring, ring!
Klingeling!

¡Hola, cari!
¿Qué pasa?

Hallo Schatz!
Was ist los?

Lo siento, Sergio.
Lo nuestro no funciona.
Deberíamos dejarlo.

Tut mir leid, Sergio.
Es klappt nicht mit uns.
Wir sollten Schluss machen.

¿Y me lo dices así, por teléfono?

Und das sagst du mir so, am Telefon?

¡Inocente, inocente!

Das war ein Scherz!

¿Qué?

Was?

¿No sabes qué día es hoy?
Es 28 de diciembre, Día de los Inocentes.

Weißt du nicht, welcher Tag heute ist?
Heute ist der 28. Dezember,
das Fest der Unschuldigen Kinder.

Pues la bromita no ha tenido ninguna gracia.

Nun, der Scherz war überhaupt nicht lustig.

No tienes sentido del humor.

Du hast keinen Sinn für Humor.

GUT ZU WISSEN!

Wie Sie wissen, ist die spanische Sprache reich und vielfältig, das gilt auch für die typischen Antworten am Telefon. Die in Spanien gängigen Formulierungen **diga**, **dígame** und **¿sí**? können in lateinamerikanischen Ländern etwas trocken wirken. In vielen dieser Länder ist es üblich, mit **aló** oder **¿holá?** zu antworten, während man in Mexiko **bueno** und in Kuba **oigo** sagt.

Abreviaturas comunes en telefonía y chat			**Gängige Abkürzungen in Telefonie und Chat**
+o-	→	más o menos	mehr oder weniger
=k	→	igual que	genau wie
bn	→	bien	gut
bs	→	besos	Küsschen
k, q	→	que, qué	was
ktal	→	¿qué tal?	wie geht's?
mñn	→	mañana	morgen
mxo	→	mucho	viel
npi	→	ni puta idea	überhaupt keine Ahnung
salu2	→	saludos	Grüße
tb	→	también	auch
tp	→	tampoco	auch nicht
tqm	→	te quiero mucho	ich liebe dich sehr
xa	→	para	für
xfa	→	por favor	bitte
xo	→	pero	aber
xq, pq	→	porque, por qué	weil, warum

AUFGEPASST:
Falsche Freunde!

Beim Buchstabieren gibt es im Spanischen keinen festen Standard für Wörter, deren Initialen Sie verwenden können. Verwenden Sie am besten spanische Städte- und Ländernamen. Zum Beispiel ist es in Spanien üblich, **a de Almería** zu sagen, aber **a de Austria** oder **a de Alemania** wären gleichermaßen zulässige Optionen. Möglicherweise müssen Sie auch dazu sagen, ob sich ein Wort **con mayúscula** oder **con minúscula** schreibt oder ob ein Buchstabe **con acento** oder **con diéresis** (*mit Trema*, also zwei Punkten) versehen werden soll.

ETAPPENSIEG!

Während Ihrer Reise durch die Seiten dieses Buches haben Sie Ihren Wortschatz erweitert, unzählige nützliche Sätze gelernt, sich in Dialoge vertieft, die Antworten immer besser verstanden und neue Kenntnisse über die spanische Kultur und die Vielfalt der Sprache erworben. Nun sind Sie bestens vorbereitet, in die spanischsprachige Welt einzutauchen, und können sich wie alle anderen unterhalten. Für all das: Herzlichen Glückwunsch!

Index

Spanisch

A

B

C

D

E

J

K

L

M

N

R

S

T

U

V

W

Y

Z

Index

Deutsch

A

B

C

D

E

F

I

J

K

L

R

S

T

U

V

W

Y

Z

Langenscheidt
Flüssig sprechen Spanisch

Bearbeitet von: Almudena García Hernández

Lektorat: Torsten Lasse, Dr. Christiane Wirth

1. Auflage 2025 (1,01 – 2025)

www.langenscheidt.com/kontakt

Projektleitung: Ursula Martini
Layout und Satz: zweiband.media, Berlin
Illustrationen: zweiband.media, Berlin
Bildnachweis Cover: shutterstock/Xavier Lorenzo
Druck und Bindung: Publikum d.o.o.

ISBN 978-3-12-614003-4